菱川さかく
Ill. だぶ竜

一瞬で治療していたのに役立たずと追放された天才治癒師、闇ヒーラーとして楽しく生きる 5

「今日はあたしが先生だね」
「ふはは、我こそが名物教官なりぃぃ！」
ゾフィア
レーヴェ

「これから
リンガ先生と
呼ぶがいい！」
リンガ
「なんで全員眼鏡？」

「おお～」
イリア
ゼノス

「うわ〜」
ゼノスとリリは
感動とともに教科書を
しげしげと見つめる。
シャルロッテ
リリ

とんでもない速さで突き出された拳に、
立ち塞がった幹部五人が
次々と吹き飛んだ。
「しがない治癒魔法学の教師だよ」

「なんなんだ……
てめえはなんなんだよっ」

Contents

一瞬で治療していたのに役立たずと追放された天才治癒師、闇ヒーラーとして楽しく生きる5

菱川さかく Ill. だぶ竜

プロローグ

ハーゼス王国。

大陸の強国として長くその威光を周辺国に放ち続けるこの国は、厳格な身分制に支えられた国家でもある。興国の祖の末裔である王族を頂点に、建国の立役者たちの子孫である貴族。その下に国民の大部分を占める市民が位置し、最下層には忘れられた民と呼ばれる貧民がいる。

王都では、王族の住む宮殿を囲むように貴族たちの居住区である特区が広がり、中でも最も王宮に近い位置には貴族の最上位とされる七大貴族の邸宅が門を構えている。

その一画、広大な緑の庭園を望むバルコニーに、一人の少女の姿があった。

明るい栗色の巻き毛をしたその少女は、少し吊り上がった気の強そうな瞳を空に向け、無言で佇んでいる。

豊かなひげを蓄えた紳士が、バルコニーのドアを開け、少女に近づいた。

「そろそろ学校の時間じゃないかい。シャルロッテ」

「パパ……」

少女はゆっくりと振り返る。

二人は七大貴族の一角フェンネル卿と、その愛娘シャルロッテである。

父のフェンネル卿は娘を気遣うように言った。

「魔導車両の用意はできているよ。準備はいいかい？」

魔導車両は魔石をエネルギー源にして走る車で、一般市民が何度生まれ変わっても買うことはできないほど高価なものだ。しかし、シャルロッテはゆるゆると首を横に振った。

「今日は馬車で行くわ」

「馬車？　あれは遅いし、腰も痛くなるだろう」

「いいの。魔導車両だとあっという間に着いてしまって、物思いにふける時間もないんだもの」

「そうか。それなら馬車を手配させよう」

フェンネル卿はそう言った後、心配そうに娘の顔を見つめた。

「シャルロッテ。何か悩み事でもあるのかい」

「え、どうして？」

「最近ぼんやりしているというか、うわの空のことが多いだろう」

「……そうかしら」

「あの手術の後から、少し様子が変わった気がするんだが――」

「……」

シャルロッテは無言で右手を頬に当てた。

春頃に頬に小さな吹き出物ができた。そのうち治るだろうと高を括っていたが、父が当時懇意にしていた王立治療院の元教授から、それが奇面腫という腫瘍で、いずれ醜い老婆の顔のように成長すると聞かされ、ひどく動揺した。

その元教授が、二人の助手を伴って手術にやってきたが、顔に刃物を入れるなど容認できるはずもなかった。視界が真っ暗になるほどの絶望に襲われたが、結局、元教授が連れて来た助手の一人に促(うなが)される形で、手術は行われた。

「まさか手術の後遺症が……」

「そんなのないわよ。ほら、どこから見ても綺麗(きれい)でしょう」

シャルロッテは不安げな父を前に、頬を撫(な)でてみせた。

後で聞いたら随分と難しい手術だったらしいが、もう痕跡すら残っていない。術者はかなりの腕前だったようだ。薬で眠っていたので術中のことは覚えていないが、朦朧(もうろう)とした中でかけられた言葉がなぜか今でも耳の奥に残っている。

――よくがんばったな。手術は無事に終わったぞ。

どこか温かく、優しく鼓膜に響いたその声は、元教授のものではなかった。

黒髪に黒い瞳。そして、黒いマスクをつけた助手の一人。

確か【ゼノ】という名前の男。

元教授はよく父の元を訪れていたため、いずれ助手にも遭遇する機会があると思っていた。ただその後元教授の大きなスキャンダルが明らかになったらしく、そのまま失脚。結局、助手の男との再会も叶(かな)っていない。

「ほら、またぼうっとしているよ。シャルロッテ」

「え？　そんなことないわよ、パパ」

シャルロッテは明るく答えたが、父のフェンネル卿はますます心配そうな表情を浮かべた。

「手術が関係ないとすると……もしかして学校のことで悩んでいるんじゃないかい？」

「そういう訳じゃないわよ」

「本当かい？」

「本当」

言葉に力を込めるが、父はあくまで不安そうだ。

「先日、学園長に聞いたが、また教師が辞めたそうじゃないか」

「ああ、そうね。別に私は何もしてないわよ。あれは多分あいつらが……」

「あいつら？」

シャルロッテは一瞬口を閉じ、すぐに肩をすくめた。

「まあ、パパは気にしなくていいの。私はうまくやってるし」

父は短く溜め息をつき、首を緩慢に横に振る。

「やはりシャルロッテにあのクラスは相応しくない。私が学園長に掛け合ってクラスを変えてもらうよ」

「いいのよ。私の希望だもの」

「それはそうだが」

「もう私、行くから」

「シャルロッテ」

父の声を振り切って、シャルロッテはバルコニーを後にする。が、その瞬間、一つの閃きが天啓のごとく脳裏に浮かび、少女は立ち止まった。

ゆっくりと後ろを振り返り、困り顔の父に甘えた声色で話しかける。

「ねえ、パパ」

「なんだい？」

「そういえば、前の私の誕生日、ファイアフォックスのマフラーが欲しいって言ってたけど、くれなかったわよね」

「す、すまない。あれは任せたパーティがよくなかった。次のシーズンには必ず用意するよ」

「ううん、それはもういいの。その代わり一つお願いがあるんだけど」

「お、おお。なんでも言いなさい」

何度も頷く父に、シャルロッテは続きを告げる。

「学校なんだけど、教師が辞めちゃったから、代わりが必要だと思うの」

「それはそうだろう。学園長も急いで探すと言っていたよ」

「それでね。私、最近少し興味のある分野があって」

「ほう、初耳だね。それは一体何だい？」

過保護な父に気づかれないよう小さく喉を鳴らし、シャルロッテは言った。

「治癒魔法。治癒魔法が得意な人がいいな」

第一章

学校を作ろう

抜けるような青空。立ち上る入道雲。そして、鼓膜を騒がしく叩く蝉の声。

厳格な身分制に支配されるこの国においても、真夏の太陽だけはあらゆる階層に明るい陽射しを平等に降り注ぐ。それは貧民ゆえに正規のライセンスをもたない天才治癒師が、廃墟街にひっそりと開いた治療院においても同様であった。

窓から斜めに射す陽光を浴び、額にうっすらと汗を滲ませたゼノスの前には、亜人の子供がちょこんと座っている。

「んー……」

ゼノスは小さく唸りながら、子供の右膝を丹念に触った。

「あの、先生。どう?」

「これ……骨にひびが入ってるな」

「ええっ」

子供は泣きそうな表情を浮かべる。

「先生、治る?」

「まあ、治るには治るが……」

ゼノスは頷いて、子供の膝に右手を添えた。

「《治癒》！」

詠唱とともに、かざした手の平から白色光が溢れ出した。治癒の光が骨の亀裂部を優しく包み込み、みるみるうちに修復していく。

「あ、痛くない。すごい、先生、ありがとう！」

診察室の椅子から勢いよく飛び下りると、子供は嬉しそうにその場でぴょんぴょんと跳ねた。基本的に子供からは料金を取らないようにしているが、少年はお礼と言って珍しい木の実を幾つか渡してくる。

「へぇ、アビアの実か。珍味だな。有難く頂いておくよ」

「えへへ、じゃあね」

「あ、ちょっと待ってくれ」

帰ろうとした亜人の子供を、ゼノスは呼び止める。

「なに？」

「いや、つい最近も同じようなところを怪我したばかりだよな」

「あ、うん」

子供はばつが悪そうに頷く。

「でも、仕方ないんだ。まだ仕事に慣れないし」

少年は木の伐採や運搬の仕事をしていると聞いた。仕事場は貧民街の背後に広がる森で、魔獣が出ることもある危険な地域だ。

「あまり無理はするなよ。まだ骨も筋肉も関節も弱いんだ。大人と同じように動ける訳じゃない」

「そうだけど、妹の分も稼がないと……」

「まあ、なぁ……」

ゼノスはぼりぼりと頭を掻く。

「とりあえず怪我は治してやる。ただ、死んだらどうしようもないからな。それは忘れるな」

「うん、わかった」

子供は手を振って、元気よく出て行った。

本当にわかったのだろうか。溜め息をついて閉じたドアを眺めていると、横から氷入りのグラスが差し出された。

「ゼノス、お疲れ様」

治療院のナース兼受付係であるエルフのリリだ。

礼を言って冷えた紅茶を喉に流し込むと、爽やかな刺激が体中に広がった。

「いやぁ、リリの入れる紅茶はいつも沁みるねぇ」

「茶葉を変えたのは正解だとリンガは思う」

「うむ、暑い季節はこっちのほうが合うな」

「くくく……なんちゃって紅茶ソムリエたち」

奥のソファにはいつものように貧民街の亜人勢力を率いるリザードマンのゾフィア、ワーウルフのリンガ、オークのレーヴェが陣取っている。

最奥に座るのは黒衣をまとった最高位のアンデッド、レイスのカーミラだ。グラスを片手にソファの端に座ると、カーミラが声をかけてきた。

「どうしたんじゃ、ゼノス。浮かない顔をして。外はこんなにいい天気じゃというのに、もっと気分あげあげでいこうではないか」

「いや、逆に好天を喜ぶレイスもどうかと思うぞ」

太陽はアンデッドの天敵のはずだが、カーミラは不敵に笑う。

「くくく……ここ最近、生者の貴様らとつるんでおるからの。なんだかわらわも直接太陽を浴びても大丈夫な気がしてきたぞ」

カーミラは強気で言って、ふわふわと玄関に移動した。

そして、勢いよくドアを押し開き、陽光の下で仁王立ちになる。

「ふはははは！　見よ、わらわは遂に太陽を克服した！」

力強く声を上げている割に、足元から猛烈な勢いで煙が吹き上がっている。

「ありゃ……？　溶けておる」

「わ、わあああっ。カーミラさんっ」

リリが慌てて走って行って、ドアをばたんと閉めた。リリははぁはぁと肩で息をする。

「だ、駄目だよっ、カーミラさんっ。浄化されちゃうよ！」

「むむ……忌々(いまいま)しい太陽め」

カーミラはあっさりとさっきの意見を翻すと、再び食卓に戻って来た。

「……で、どうして浮かない顔をしておるんじゃ、ゼノス」

「さらっと今の茶番なかったことにしようとした？　ていうかまじで危ないからその芸やめろ」

ゼノスはレイスを指さして忠告し、リリにもう一杯紅茶のおかわりをもらう。

「別にへこんでた訳じゃないさ。ただ、ああいう子供が多いなぁと思ってな」

「ああ、さっきの亜人の子か」

貧民街では子供の身で過酷な肉体労働に従事する者も少なくない。

腕を組むカーミラの横で、ゾフィアが口を開いた。

「まあね。あたしたちはなんとか稼いじゃいるけど、貧民街の住人のほとんどは今日の生活がやっとだからね」

ゾフィア、リンガ、レーヴェが率いる三大亜人グループはそれぞれの生業を持ってどうにかやれている様子だが、貧民街の住人はいまだその多くが食うや食わずの生活をしているのも確かだ。時間が取れる時はリリたちと炊き出しをすることもあるが、何万人もいるとされる貧民街の住民全員を賄えるほどではない。

「貧民には何の手当も補償もないし、まともな職にもつけない。ある程度リスクのある商売に手を出すのも仕方がないとリンガは思う」

「うむ、ここはそういう国だ。今に始まったことではない」

「それはそうだけどな……」

亜人たちの言葉に、ゼノスは頬杖をついて嘆息した。

これまでは目立たないようひっそりと、必要な対価をもらいながら、自分のできることをやればいいと思っていた。勿論、今だってそう考えているが、先月同じ師匠の元で共に治癒魔法修得に励んだヴェリトラと対峙し、地の底で師匠の幻影と邂逅した。

それ以来、師匠のことを以前よりもよく思い出すようになった。

「治癒師は怪我を治して三流、人を癒して二流、世を正して一流、か……」

師匠の口癖の一つだ。

ゼノスは、グラスに入った紅茶をぼんやりと見つめる。

「実は……少し前から考えていることがあってな」

軽く咳払いをすると、ゼノスは一同を見渡し、こう続けた。

「貧民街に学校を作るってのはどうかな？」

＋＋＋

沈黙する一同。

ややあって、リリが恐る恐るといった調子で口を開いた。

「学校って、先生がいて、生徒がいる、あの学校……？」

「そう、その学校だ」

ゼノスはゆっくり頷く。

「うまく言えないけど、師匠から色々教わったことが今に活きてると思うんだよな」

正直、あの出会いが人生を変えたと言っても過言ではない。自分は運良く師匠に出会えたが、貧民街で普通に暮らしてるだけでは、そういう機会はないだろう。

勿論、何かを教えたところで、すぐに生活が変化する訳じゃない。

あくまで貧民は貧民。この国で最下層に位置づけられているという事実は変わらない。

それでも蒔いた種は、いつかどこかで芽吹くかもしれない。

「幸い廃墟街には余ってる建物が山ほどあるから、校舎だって作れる。まあ、改修はかなり必要だろうけど……って、駄目か？」

皆が茫然としているので尋ねると、リリが猛然と首を振った。

「ううんっ。リリ、とっても素敵だと思う！」

目を輝かせるエルフの少女の横で、亜人の頭領たちも大きく頷く。

「学校か……考えたこともなかったけど、いいじゃないか！」

「リンガはとっても楽しそうだと思った」

「うむ、我もわくわくしてきたぞ」

熱を帯び始めた空気に、しかし、冷静な声色が割って入る。

「そううまくいくかのぅ」

一同の視線を浴びたカーミラは、グラスを持ち上げてずずと紅茶を啜った。

「別に反対はしておらん。わらわも学校企画自体はありじゃと思う。なんだか面白おかしいことが起こりそうな予感もするしの」

「え？　お前の予感って、大体悪い方向に当たるんだが？」

「ま、それは置いといて。そもそも誰が何をどう教えるつもりじゃ。他人にものを教えるにはそれなりのノウハウが必要じゃぞ」

「置いといていい問題かわからないが……確かにそこも悩ましいところだよなぁ」

今思えば、師匠は教えるのがうまかった。

理屈っぽいヴェリトラには理論をしっかり教え、感覚派の自分には実践を通して学ばせた。相手に応じて教え方を変えていたのだ。それ以外の様々な知識も世間話の延長のような形で自然と学べるようにしてくれていた。

ただ、あれは王立治療院で指導的立場にいた師匠だからできたことだ。

「それにゼノス、貴様は教育者には向いておらんぞ」

「まあ、なぁ」

「え、そんなことないよ。ゼノスは優しいもん」

カーミラの言葉をリリが否定するが、ゼノスは腕を組んで唸った。

「いや、確かに俺の魔法は感覚でやってる部分が多いから、人に教えるとなるといまいち自信がないんだよな」

治癒魔法ならまだ師匠に習った要領で最低限のことは伝えられるが、パーティ加入後に覚えた防護魔法や能力強化魔法に至ってはほぼ独学であり、自分でも言語化が難しい。

「そもそも独学で別系統の魔法を体得できる時点で常識から外れすぎじゃ」

「治癒も防護も能力強化も身体機能を強めるという意味では同じだからな。治癒魔法と同じ感じでやったらなんかできたぞ」

「なんかできた……全魔導士志望者から恨まれそうな言葉じゃな」

ぼそぼそと呟く(つぶや)カーミラの向かいで、ゼノスは小さく溜め息をついた。

「ヴェリトラがいたらなぁ」

あいつなら理論も含めて丁寧に教えてくれそうだが、もう王都にいない気がする。

重くなりかけた雰囲気の中、カーミラが軽く肩をすくめて言った。

「ま、しかし、最初から完璧(かんぺき)など目指せぬし、試しにリリを生徒に見立てて模擬授業をやってみたらどうじゃ」

「え、リリ？」

驚いて自分を指さすリリ。亜人たちも勢いよく立ち上がった。

「そうだね、やってみなきゃわからないさ。それぞれ一週間準備をしてくるのはどうだい？」

「リンガも乗った！」

「うむ、我も腕が鳴るぞ」

「え、お前たちも講師をするのか？」

亜人の頭領たちは大きく頷く。

「勿論さ。先生だけに負担をかけられないし、協力させておくれよ。あたしたちにだって教えられることは色々とあると思うんだ」

「リンガはこう見えて教え上手」

「ふはは。我が力だけではないところを見せる時が来たな」

意気揚々と引き上げていく亜人を見送った後、カーミラの口角がにやりと上がった。

「ひひひ、面白くなりそうじゃ」

「お前……いっつも楽しそうだよなぁ」

＋＋＋

あっという間に一週間が経過し、模擬授業の日がやってきた。

外では相変わらず蝉がうるさく鳴いているが、治療院の空気は程よく張りつめている。

「リリ、なんだかドキドキする……」

闇市(やみいち)で手に入れた黒板を前に、生徒役のリリがちょこんと座っている。

「そろそろ時間じゃな」

カーミラの呟きとほぼ同時に、治療院のドアが勢いよく開いた。

「やってきたよ、先生！　いや、今日はむしろあたしが先生だね」

眼鏡(めがね)をかけたゾフィアが意気揚々と入ってくる。

「リンガのことは、これからリンガ先生と呼ぶがいい！」

眼鏡をわざとらしく持ち上げるリンガが後に続いた。

「ふはは、我こそが名物教官なりぃぃ！」

レーヴェの顔にも眼鏡がきらりと光っている。

「っていうか、なんで全員眼鏡？」

思わず突っ込むと、三人の亜人は気まずそうに顔を見合わせた。

「いや……やっぱり眼鏡ってなんだか賢そうじゃないか」

「リンガはとってもいいアイデアだと思った」

「だが、まさか三人とも同じことを考えていたとは……」

「くくく……全員同レベル」

カーミラがぼそりと呟き、大仰（おおぎょう）に肩をすくめる。

「こんなことでは、先が思いやられるのぅ」

「馬鹿（ばか）言っちゃいけないよ、カーミラ。評価を下すのは、あたしの授業を見てからにしな」

まずはゾフィアが教師役を務めるようだ。

黒板の前に颯爽（さっそう）と立つ姿は、それなりに様（さま）になっており、さすが多くの部下を従えているだけのことはある。ゾフィアは眼鏡の端をくいと人差し指で持ち上げた。

「それじゃあ、早速始めるよ。準備はいいかい？」

「はい、ゾフィア先生！」

生徒役のリリが右手を挙げた。

「どれ、俺も見学させてもらうか」

ゼノスはリリから少し離れた場所に立って腕を組んだ。隣にカーミラがふよふよとやってくる。

「くくく……どうなるかのぅ」

最高位のアンデッドはやけに楽しそうだ。

何はともあれ貧民街に学校を作るという計画の第一歩が始まろうとしていた。


軽い緊張を覚えながら見守っていると、ゾフィアはごほんと咳払いをした。

「さて、あたしの授業は――」

生徒役のリリがごくりと喉を鳴らす音が聞こえる中、教師は強い口調でこう続けた。

「盗賊の極意だよ！」

「おい……」

なんだかいきなり雲行きが怪しい。

ゾフィアは鋭い目つきでリリを指さした。

「そこの生徒、盗賊をやるに当たって重要なことは？」

「わ……わかりません」

「あら、いけないねぇ。でも、今日は初日だからオマケして三択にしてあげよう。一、素早い身のこなし。二、咄嗟（とっさ）の機転。三、度胸。どれだい？」

「え、えっと、えっと……一、ですか？」

「不正解」

「じゃ、じゃあ、二？」

「不正解」

「さ、三」

「不正解！」

「え、ええっ！」

茫然とするリリの前で、教師ゾフィアは得意げに言った。

「三つの中に正解はない。真の正解は事前準備さ」

「事前、準備……」

「そう。標的の屋敷はどういう構造をしているか。お宝はどこに隠してあるのか。人員配置はいつどのようになされているか。警備員の装備は何か。意思決定者は誰か。逃げ道はどう確保するのか。失敗した場合の代案はどうするか。入念な調査と計画立案こそが肝なのさ。素早さや機転や度胸ってのはあくまでその次に過ぎない」

ゾフィアはもう一度眼鏡を持ち上げ、厳かに言った。

「覚えておきな。盗賊は事前準備が九割」

「盗賊は……事前準備が九割」

「もう一回。盗賊は事前準備が九割っ！」

「盗賊は事前準備が九割っ！」

「いや、あの、お前たちね」

ゼノスが腕を伸ばしかけた瞬間、リリが少し不満げに声を上げた。

「で、でも、先生。今のは選択肢になかったです……」

するとゾフィアは、突然リリの頭をがしりと掴んだ。

「いいところに気づいたね、生徒っ」

「え、そ、そうですか？」

「なぜ選択肢に答えがなかったか、わかるかい？」

「わ、わかりませんっ」

「普通は選択肢に答えがある。常識ではそうだ。だけど、この常識って奴を疑うのが重要なんだ」

「常識を、疑う……？」

「ああ。こんなところからまさか侵入して来ないだろう。こんな手段は選ばないだろう。そんな常識を逆手に取ることで相手の死角を突くことができる。あたしはそれを教えたかったのさ」

「な、なるほど……！」

リリはペンでメモを取り出す。

しゃっしゃっとペン先が紙を滑る様子を満足げに眺め、ゾフィアは言った。

「盗賊の真の極意。常識を疑え」

「常識を疑え」

「もう一回。常識を疑えっ！」

「常識を疑えっ！」

「もう一回ぃぃ。常識を疑えぇっ！」

「常識を、疑えぇぇぇっ！」

「いや、だから、ちょっと待とうかゾフィア、リリ」

「ひーひひひっ、やっぱり面白いのぅ」

カーミラが大笑いする隣で、ゼノスは堪らず授業に割って入った。

「なんだい、先生。授業中だよ」

「常識は疑うんだよ、ゼノスっ」

なぜか二人が一緒になってじろりと睨んでくる。

「いや、盛り上がってるのはわかるし、ところどころいいことを言ってる気はするんだが、そもそも題材が気になるんだが――」

「……っ」

懸念を伝えると、ゾフィアは茫然として目を見開いた。

盗賊の極意というのは、義賊をやっているゾフィアからすれば自然な題材だとは思うが、子供たちに率先して教える内容としてはいかがなものか。学校というよりむしろ盗賊養成所になってしまうし、事実リリは盗賊に片足を突っ込みかけていた気がする。

「た、確かに……そもそも盗賊なんてしなくても生きていけるように学校を作るんだよね。あたしとしたことが……ごめんよ、リリに先生」

　がっくりと肩を落とすゾフィア。

「う、ううん。リリ思わず乗せられちゃった……」

「真剣に取り組んでくれて感謝してるよ、ゾフィア。まだ誰にも正解はわからないし、懲りずに色々試してみよう」

　そう告げると、ゾフィアは少し元気を取り戻した様子だった。

　内容はともかく、授業の熱量と生徒役を巻き込む力に、大勢の部下を束ねる頭領としての器を見た思いだ。

　続いて黒板の前にずいと躍り出たのはワーウルフのボスだ。

「ふはは、次はリンガの番。後ろに下がっているがいい、ゾフィア。リンガが真の授業というものを見せてやろう！」

　得意満面のリンガを眺め、ゼノスはぽつりと言った。

「なあ、なんとなく嫌な予感しないか？」

「ひひひ……するのう」

　カーミラがわくわくしながら腕を組み、第二の授業の幕が上がる。

　教壇に立ったリンガは、眼鏡の蔓を持ち上げて、えらそうに言い放った。

「生徒、リンガを尊敬する準備はできているかっ」

リリがすかさず右手を挙げた。

「はい、大尊敬です、リンガ先生っ！」

「生徒役、段々乗ってきてないか……？」

不安げなゼノスとは反対に、リンガは満足そうに頷くと、黒板をばんと叩いて宣言した。

「リンガの授業は、イカサマ賭博のやり方だ！」

「うん、ちょっとそんな気はしてた」

「ぷくくく……」

肩を落とすゼノスと、笑いをかみ殺すカーミラ。

賭博場を運営しているワーウルフのボスは、おもむろに人差し指を持ち上げ、リリに向けた。

「生徒、イカサマの極意を答えるがいい」

「え、ええっと……ばれないようにうまくやる」

「ふむ……悪くない。悪くないぞ」

リリがイカサマの極意について悪くない答えをしている。

しかし、眼鏡をかけたワーウルフはまだ満足してないようで、一歩足を前に出した。

「悪くはないが、真の答えはこうだ。自信を持って堂々と！」

「自信を持って堂々と……！」

リリが口の中で繰り返すと、リンガは思い切り首を縦に振る。

「そう、小物は露見を恐れてこそこそイカサマをする。だが、そんな態度では余計に怪しまれてしまう。リンガほどの大物になると、眉一つ動かさずにイカサマができる。むしろイカサマの何が悪いくらいの態度で臨むのがコツなのだ」

「な、なるほど……！」

「うん、休憩！　休憩にしよう」

ゼノスは片手を挙げながら授業に割り込んだ。

「盛り上がってるところ悪いが、題材な、題材」

ゾフィアと同じく、リンガの生徒を巻き込む力も大したものである。

しかし、その結果、純真無垢な生徒リリは、盗賊の極意とイカサマ賭博の極意を学んだ。

なんだかリリの瞳がぎらついてきているのは気のせいか。

指摘を受けて、リンガの獣耳がぺたんと閉じる。

「……申し訳ない。実はゾフィアが止められた時点で、リンガの題材はよくないと気づいていた」

「そうか。じゃあ、なんでそれでも強行したのか一応聞いておこうか」

「間違っている時こそ、自信を持って堂々とやろうと思ったのだ。その精神こそリンガが教えたかったこと」

うん、意外と立派だ。

いや、立派なのか？　段々よくわからなくなってきた。

「ひーひっひ、期待を裏切らんのぅ」

隣のレイスは完全に楽しんでいる。

すごすごと引き下がるリンガに代わり、今度はレーヴェが黒板の前に仁王立ちになった。

「はっ、ゾフィアにリンガ。おぬしらにはまだ先生役は早かったようだな。ゼノス、我の授業はしっかり役に立つから安心しろ」

「うん……これは期待していいのか？」

「くく、わらわは期待しておるぞ」

期待一割、不安九割を抱え、ゼノスはカーミラとともに第三の授業の行く末を見守る。


レーヴェは自信満々に言い放った。

「我の授業は、人食い熊を素手で倒す方法だ！　どうだ、役立つだろう」

「レーヴェ、おい」

止める間もなく、教師は右拳を勢いよく前方に突き出した。

うぉんっと風が唸り、リリの前髪が巻き上がる。

「こうやるんだ。やってみるんだ、生徒」

「こ、こうっ……」

リリはレーヴェの真似をして、細腕でパンチを放つ。

「違う。それでは弱すぎる。大事なのは心臓を止めるくらいの勢いで拳を打ち抜くことだ」

「心臓を……。ええと、先生、その……どうやって」

「気合だ」

「気合」

「気合があればなんとかなる。授業の後半では山に移動して実戦訓練も想定しているぞ」

「さすがに待てぇえっ。生徒を殺す気か」

ゼノスは天を仰いで声を上げる。

「と言うか、なんで熊？　せっかく魔石採掘業してるんだから、せめてそっちの話とかさぁぁ」

「ひーひっひっひ……たまらん、最高の授業じゃっ」

腹を抱えて大笑いをするカーミラに、教師たちは不満げに言う。

「カーミラ、さっきから笑ってばっかだけど、あんただって似たようなもんだろ」

「うん、リンガよりいい授業ができるとは思えない」

「我の熊殺しの授業のほうが絶対上だと思うぞ」

「ほう……？」

カーミラはぴたりと笑いをおさめると、着物の裾をぐいとまくった。

「くくく……いいじゃろう。そこまで言うなら、わらわの本気を見せてやろうではないか」

「え、お前もやるの？」

「もちのろんじゃあ。こんなこともあろうかと教師用の眼鏡は用意しておるわっ」

「なんで全員眼鏡っ⁉」

颯爽と眼鏡をかけ、ふわふわと黒板前に移動する最高位のアンデッドを、ゼノスは不安十割で見つめるのだった。

「くく……大陸一の知恵者と呼ばれたわらわの授業を始めようぞ」

教壇に降り立ったカーミラは不敵に微笑んだ。

「大陸一の知恵者……本当か？」

「嘘じゃ」

「嘘かよ！」

いつものやり取りの後、リリが相変わらず勢いよく右手を挙げた。

「お願いします、カーミラ先生っ」

「くくく、良い返事じゃ。こんな貴重な授業を受けられるとは、そちはなんたる果報者。千載一遇の機会を得られたことの有難みを噛み締めながら、歓喜の脳汁を垂れ流し、奥歯をがたがたと打ち鳴らして感激に震えるがよい。しからば――」

「とりあえず早く始めてくれない？」

長い前置きに突っ込むと、カーミラはわずかに眉根を寄せる。

「そう急くな、ゼノス。では、とくと聞くがよい。わらわの授業は――」

思わせぶりに言葉を止め、こう続けた。

「魔族の生態じゃ！」

「……」

室内を沈黙が支配する中、カーミラは高らかに笑った。

「ふははっ、これはすごい授業ぞ。なんせ魔王が率いた魔族は、三百年前の人魔戦争で滅んだとされておる。現世においては、もはやおとぎ話。伝承と逸話(いつわ)が残るのみの神話の時代。三百年生きたわらわだからこそできる秘伝の授業じゃあっ」

「……あのさ、それって役に立つのかい？」

「は？」

ゾフィアの冷静な一言に、カーミラは目を丸くする。

「何を言っておる。これほど貴重な話があろうか」

「いや、だって、もう魔族は滅びたんだろ？」

「え？」

「この世にいない相手を学んでも使いどころがないとリンガは思う」

「なんじゃと？」

「うむ、まだ熊のほうが出会う確率が高いぞ」

「……」

亜人たちに次々と指摘され、カーミラは次第に無表情になる。

しばらく黙った後、ぼそぼそと言い訳がましく別の話題を口にした。

「……というのは嘘じゃ。本当の授業は三百年に大流行した惚(ほ)れ薬の作り方じゃあっ」

「先生、その授業がいいですぅっ！」

リリがめちゃくちゃ勢いよく右手を挙げた。

見ると、三人の亜人たちも横に並んで右手を真っ直ぐ天に伸ばしていた。

一糸乱れぬ美しい隊列だった。

カーミラは少し機嫌を直したように含み笑いを再開する。

「くく……浅はかな女共め。いいじゃろう。この薬は効果がありすぎて、出回った町では出生率が十倍になったという情報もあるくらいじゃ」

前のめりになる女たちに、カーミラは人差し指を向けて告げる。

「惚れ薬で最も大事な材料は、モディスキュラの花弁じゃ。新月の夜にのみ咲く珍しい花で、異性の脳に作用し、判断をくるわせ、虜にさせる作用がある。一度使ったが最後、めくるめく愛の底なし沼にただ溺れるのみ」

「先生、それはどこにあるんですかっ」

「次の新月はいつだいっ！」

「リンガは全ての部下を動員してその花を独占するっ」

「ならぬ。手に入れるのは我だっ！」

牽制し合う女たちを睥睨し、カーミラは得意げに言い放った。

「くはは、甘いわっ。貴様らのような邪な考えを持つ愚か者が多すぎたせいで、発見されるや否やあっという間に乱獲されてすぐに根絶やしになってしもうたわぁぁっ」

「……」

凍えるほどの沈黙が室内に満ち満ちた。

絶対零度の視線を女たちから浴びたカーミラは「……あれ？」という顔をした後、おもむろに眼鏡を教壇に置き、そのまますぅと薄くなって消えていった。

逃げた。

「カーミラ、ちょっとあんたっ！」

「期待させて落とす力だけはすごかったとリンガは思う」

「我らは一体何を聞かされたのだ？」

「リリは楽しかったけど、惚れ薬は欲しかった……！」

口々にわめく女子たちを眺めながら、ゼノスは人に物を教えることの難しさを実感するのだった。

と言うか、カーミラはそもそもどうして魔族の生態を知っているのだろう。三百年前に生きていれば誰でも知っている知識だったのだろうか。それとも当時は特別な立場にいたのか。同居して数か月になるが、いまだにこのアンデッドのことはさっぱりわからない。

「ねぇ、先生」

ようやく落ち着いた様子のゾフィアが、座席に腰を下ろして言った。

「やっぱり、ちゃんとした教育の経験がある奴が一人は必要なんじゃないかねぇ」

「まあ、そうだよなぁ」

腕を組んで頷くと、リンガとレーヴェも同意を示す。

「自分で言うのもなんだけど、リンガたちはろくに教育を受けていない。ろくな教育を受けてないリンガたちが無理やり教育をやってもろくなものにならない気がした」

「うむ。思いつきの授業では限界があると我も思ったな」

「勿論それができれば一番いいんだが――」

ゼノスは視線を虚空に向けて、これまで関わった者たちを思い浮かべる。

その中で、正規の教育に、できれば教育者の立場で関わった者がいるだろうか。

師匠はもういない。

一時期、仕事で研究室に属していた王立治療院のゴルドラン元教授は失脚したと聞く。

他に浮かんだ教育者がもう一人いるが、果たして――

その時、治療院のドアが控えめにノックされ、ゆっくりと開かれた。

「どうも、ご無沙汰しています。ゼノス君」

「いたーっ！」

顔を出した人物の元に、リリと亜人たちが殺到する。

「え、なんですっ？」

唐突な歓迎に、その人物は糸のような細目をわずかに見開いた。

「なんで、あんたがここに……？」

声に驚きを滲ませながら、ゼノスは来訪者に向かい合う。

現れたのはまさにゼノスが思い浮かべていた男――王立治療院が誇る特級治癒師の一人。

かつてゼノスを王立治療院へと誘った人物。

エルナルド・ベッカーだった。

＋＋＋

「本物の教師が来たよ、ゼノス！」

「うんうん、紛れもない本物だねぇ」

「しかもリンガの記憶ではこいつは特級治癒師」

「キョウシ……ホンモノ……」

王立治療院の白衣をまとったベッカーに、リリと亜人たちがわらわらと亡者のように群がる。

レーヴェに至っては興奮のせいか、なぜかカタコトになっている。

「あの、皆さん……？」

亡者たちの発する圧に、ベッカーは両手を挙げて後ずさりする。

「ちょっと待ってくれ、みんな。本物の教師が困ってるだろ」

助け舟を出すと、リリと亜人たちはその場でぴたりと足を止めた。

「キョウシ……コマル……」

「コマッテル」

「リンガ。ヨクナイ、オモウ」

「ワレ……ヤメル」

「なんで全員カタコトっ？」

その後、本物の教育者に飢えた面々はようやく正気を取り戻し、ベッカーを治療室に案内した。

「いやはや、間違えて魑魅魍魎（ちみもうりょう）の住まう魔窟にでも足を踏み入れたのかと思いました。熱烈な歓迎を頂いて恐縮です」

相変わらず何を考えているか読みにくい笑顔で、ベッカーは頭を下げた。

「しかし、あんたがここに来るなんて、どういう風の吹き回しだ？」

前回この男がやってきた時は、失踪した研究生を探すという目的で、半ば強引（ごういん）に王立治療院に招待された。食えない相手なので、ただ旧交を温めに来ただけではないだろう。

「まあ、ちょっと色々ありまして」

「と言うか、釈放されたんだな」

「ええ、先日ようやく。その節は本当にありがとうございました。ゼノス君とクリシュナさんのおかげです」

表情を少し緩めて、ベッカーは手荷物をゼノスに差し出した。

失踪者を探す過程で、この男は王立治療院で起きた前代未聞の大量毒殺未遂の犯人として、近衛師団に逮捕された。ただ、本物の毒を盛った者が別にいる可能性をゼノスが指摘、近衛師団副師団長のクリシュナが、釈放に向けて動いてくれたようだ。

もらった手荷物を開けると、高級果実がずらりと入っていた。

「で、用件は？　ただ礼品を持って来ただけじゃないんだろ」

「さすがに鋭いですね。とは言え、私としてはお礼を渡すためだけに来たかったんですがねぇ」

ベッカーはぽりぽりと額を掻くと、今度は懐に手を入れた。中から一枚の手紙を取り出す。

「実は王立治療院からゼノス君に召集状が来ています。正確にはゼノ君にですが」

「……」

ゼノというのは、ゼノスが王立治療院に潜入していた時に使っていた偽名だ。

「なんで俺に？　当時の俺の身分はただの特別研修生だぞ」

特別研修生は、将来有望な者が推薦によって一定期間王立治療院の各部署を体験できる制度。

ゼノスは以前その制度を使って王立治療院に潜入したが、立場上はあくまで部外者だ。

「私も正確な経緯は把握していないんです。どうやら上のほうで決まったみたいでして」

「あんた特級治癒師だろ。上のほうにいるんじゃないか」

「私の釈放前に決まったみたいなんです。それに私は毒殺未遂の件でやらかしてしまったので、当面は主要会議の場から外されるんですよ。あははぁ」

能天気な笑い声を遮るように、壁際のゾフィアが言った。

「気に入らないねぇ」

ゾフィアは腕を組んで、ベッカーを睨みつける。

「さっきは本物の教育者の出現につい取り乱したけど、今回も都合のいい時だけ先生を担ぎ上げようっていう腹かい？」

「お怒りはごもっともです。なので、私は今回の件は断ろうと思っています」

ベッカーがあっさり答えたので、ゾフィアは拍子抜けした様子で組んでいた腕を離した。

「なんだい。随分と簡単に引き下がるじゃないか」

「ゼノス君には前回色々と迷惑をかけてしまいましたし、借りもあります。王立治療院にはゼノという人物は外国に行っており、連絡がつかなかったとでも伝えておきますよ。わざわざ来たのは、私の代わりに誰かが探しに来る可能性もあるので、一応注意するように伝えるためです」

「ふーん……俺を連れて行かなかったら、あんたの立場は更にまずくなるんじゃないか？」

「お気遣いには感謝しますが、自分で蒔いた種なので仕方ありませんねぇ。では、そろそろおいとまするとしましょうか」

　立ち上がったベッカーに、ゼノスは尋ねる。

「一応聞くけど、王立治療院は俺を召集して何をさせる気なんだ？」

「ああ……それが少し変わった依頼なんですが——」

　ベッカーは握った召集状をおもむろに開いて、ゼノスに向けた。

「貴族の子弟が通う学校の臨時教員だそうです」

「……教員？」

　意外な内容に、一同の目が紙面に釘付けになる。

「学校……って書いてあるよ、ゼノス！」

「うん、確かにそう言ったねぇ」

「リンガも聞いた。しかも貴族の学校！」

「我が思うに、この国で最高の教育を受けられる場所の一つじゃないか？」

「あの……どうしたんですか、皆さん？」

学校という単語に異様に反応する女子たちを、ベッカーは不思議そうに見渡す。

「ひとまずこの件はうまいこと断っておきますので、私はそろそろ——」

「ちょっと待ったぁっ！」

玄関ドアに向かおうとしたベッカーをゼノスは呼び止めた。

貧民街に学校を作ろうという企画は、模擬授業の段階で既に頓挫しかかっている。なぜなら、誰もちゃんとした学校に通ったことがないからだ。

「もう少し、詳しく聞かせてくれ」

「え、ええ。私は構いませんが……」

戸惑うベッカーを促し、一同はそのまま治療室の奥の食卓へと移動した。

「ゼノス君。君は当然断ると思ったのですが、どうしたんです？」

「まあ、こっちにも色々あってな」

「そうですか……簡単に言うと、貴族の子弟が通う学校に教師の欠員が出たので代わりが必要という話のようです」

「代わりの教師か……」

正面に座るベッカーの言葉に、ゼノスはじっと耳を傾ける。

教育の何たるかを知るという意味では、貴族が通う学校という案件は興味深い話ではあった。

だが、よくわからないこともある。

「そもそもどうして俺なんだ？　幾らでも代わりはいるだろ？」

「どうやら治癒魔法の使い手を探しているようなんです」

「治癒魔法？　貴族が治癒魔法を習うのか？」

素直な疑問を口にすると、ベッカーは顎をひと撫でして答えた。

「ゼノス君。そもそもこの国の教育制度については、どのくらいご存じですか？」

「自慢じゃないが、ほとんど知らん」

かつて師匠にちらっと聞いた気はするが、貧民の自分に関係がある話とは思えなかったので、あまり覚えていないというのが正直なところだ。

ベッカーは軽く頷いた後、一同を見渡して言った。

「まず市民以上の階級は、七歳から初等学校に通う資格を得られて、読み書きや計算、大陸の地理や歴史なんかを学びます」

早速、食卓に座る亜人たちが口を挟んだ。

「へぇ、いいご身分だねぇ。あたしがそのくらいの頃はまだ街角の残飯を漁ってたけどねぇ」

「うん、食べ物が手に入りやすい場所の地理ならリンガも頭に入っていた」

「読み書きより、我らはまず生きて明日を迎えられるかが問題だったからな」

「いやはや、壮絶ですね……まあ、市民もお金の問題や両親の意向もあって全員が通う訳ではないですが」

ベッカーはぽりぽりと頬(ほお)を掻いて話を続ける。

「初等学校が終わると、希望者は試験を受けて中等学校に行けるんですが、ここは職業適性を見る場に近いですかね」

「職業適性？」

ゼノスの言葉に、ベッカーは頷いた。

「ええ、魔力があれば魔導士に、手先が器用なら職人に、戦闘向きなら軍人に、といった風に色々体験してみて適性を判断される訳です。その後はそれぞれの専門教育コースに進むというのが定番ですね」

例えば治癒師になるなら、中等学校卒業後に王立治療院の支部である治癒師養成所に通うという形らしい。

「なるほどな。ただ、その話と貴族が治癒魔法を学ぶ話とどう関係するんだ？」

「はい。実は今までのは市民の話であって、貴族は少し違うんです。市民の場合は中等学校で適性を判断され、それぞれの専門教育に進む訳ですが、貴族は国家の統治者としてそのまま総合教育を学ぶ高等学校へと進むのが一般的です」

総合教育なので、あらゆる分野を広く学ぶ必要があり、治癒魔法もその一分野ということのようだ。今回はその治癒魔法の教員を探しているのだとベッカーは言う。

ゼノスは首を傾げながら口を開いた。

「そこまではわかったけど、治癒魔法の使い手だって王立治療院には幾らでもいるだろ。それこそあんたでもいい訳だし。なんで俺なんだ？」

「私も詳しくは教えられていないのですが、どうも学園長からの指名らしいんですよね」

「ますますわからんな。貴族学校の学園長なんて会ったこともないぞ」

「ですから、私が思うに、更に上から学園長に依頼が来たのではないかと」

「更に上？」

　ベッカーは内緒話をするように、体を少し前に倒した。

「一口に貴族と言っても、力関係は様々です。教員の採用にまで口を出せるとしたら、相当の寄付金を提供している上位貴族だと思われます。例えば……七大貴族」

「七大貴族……」

　貴族の中の最高権力者たち。王族に次ぐ力を持つと言われる七つの貴族。

　その中でゼノスが会ったことがあるのは――

「フェンネル卿……？」

　ベッカーは何も答えず、ゼノスの目をじっと見つめた。

「ちなみに、期間は？」

「さすがに非公式ルートでの採用なので、扱いは期末休みに入るまでの臨時教員です。二か月程度と聞いています」

「それくらいならちょうどいいな。治療院を長くは留守にできないし。休みの日はここに戻ってきてもいいんだよな？」

「ゼノス君……？」

怪訝（けげん）な表情を浮かべるベッカーに、ゼノスは言った。

「やってみるよ。俺にできるかわからないけどな」

「……！」

ベッカーの糸目が大きく開かれる。ゾフィアが不安げにベッカーを指さした。

「先生、いいのかい？　貧民街の学校はこの男に手伝わせればいいんじゃないか？　一応教育のことはわかってるだろうし」

「だけど、毒殺未遂の件でただでさえ立場が危ういところに、貧民街に関わってるなんてことになったら下手（へた）すりゃ再逮捕になるぞ」

そうなれば、ベッカーの研究室に属しているウミンたちにも影響は及ぶだろう。

それに本当に七大貴族が関わっているとしたら、下手に逃げ回るとむしろややこしい事態になりかねない。

ゼノスは机に手をついてゆっくりと立ち上がる。

「国家最高峰の教育ってやつを直接体験できるいい機会だ。期間限定だしな」

ベッカーは少し驚いた様子で言った。

「いやはや、予想外の反応でした……君の身に何かあったんですか？」

ゼノスは自身がまとった黒衣の襟（えり）を軽く握る。

「地下でもう一度会ったんだよ。何の得もないのに、貧民街のガキに教育を施した最高にお節介な男にな」

「……そう、ですか。君は、彼と……」

ベッカーの細目がもう一度見開かれた。

ベッカーはかつて師匠の友人だったと聞いた。蘇生魔法に手を出した代償として、師匠は名を知る者が徐々に自分のことを忘れていく呪(のろ)いを受けたが、親交が深かったベッカーは辛うじて師匠の面影を覚えていた。そして、手記を探すようにゼノスに助言した。

「わかりました。君がその気なら全面的に協力しますよ」

ベッカーはうっすら微笑んで、ゼノスに呼応するように腰を上げる。

「教育のことはおいおいお伝えしますが、一つだけ覚えておいて下さい」

ふと真面目(まじめ)な顔つきになり、ベッカーは人差し指を立てた。

「子供と言えど相手は貴族です。くれぐれも対応には注意して下さい」

第二章 常識外れの教師

王立治療院から召集を受けた五日後。

ゼノスはベッカーとともに貴族特区にある支配階級の子弟が通う学校——レーデルシア学園を訪ねた。

「え、これ学校なのか？」

天を衝くような鉄柵が連なった門の奥には、さながら宮殿のように広大で豪奢な白亜の学び舎が横たわっている。

「代々の貴族が学んだ由緒ある学園ですからねぇ」

真っ白な外套をまとったベッカーが、頷いて先を促す。

「こんなところに通えたら、それだけで賢くなりそう」

その後ろでは耳当てをしたリリが、ぽかんと口を開けていた。

リリは今回も妹という設定で同行している。学園には教師のための寮があるらしく、任期中はそこに滞在する予定だ。

「くくく……今度は何が起こるのか楽しみじゃのう」

リリの持っている古めかしい杖がぶるぶると震える。

ゼノスはベッカーに気づかれないよう小声で杖に話しかけた。

「わかってると思うけど、大人しくしといてくれよ」

「勿論わかっておる。ちなみに学校と言えば夜の怪談が定番じゃが？」

「こいつ、わかってねぇ」

「ゼノス君、どうしました？」

「ああ、いや、何でもない」

ゼノスは杖から離れ、ベッカーの後に続いて学園内に足を踏み入れた。

「ゼ、ゼノスっ、なんかいい匂いがするよ」

「くっ、これが貴族の体臭……？」

「ただの花壇からの香りだと思いますよ。相変わらず君たちは面白いですねぇ」

ベッカーは苦笑しながら、入り口脇の守衛室で手続きをした。

辺りには物々しい装備をまとった警備員が多数おり、人の出入りに鋭く目を光らせている。近衛師団だろう。ざっと見渡したが、クリシュナの姿はないようだ。近衛師団は王宮の守護、貴族特区の警備、市中の治安維持などの部隊に分かれているようで、貴族学校の警備はクリシュナの管轄外なのかもしれない。

まずは職員寮にリリを送り届けて校舎に入ったが、中も当然ながら豪華だった。十人が横に並べるほどの広々とした廊下。壁には見るからに値の張りそうな絵が等間隔に幾つも掛かっている。毛並みの長い深紅の絨毯に足を取られそうになりながら向かった先には、応接室と書かれたドアがあった。

「さあ、最初の関門です」

学園の責任者との面談。

奥のソファでふんぞりかえっているのは頭の禿げ上がった中年男だった。

「私は教頭のダンゲ・ビルセンだ。君がゼノ、という輩か」

男は腕を組み、やけに威圧的な態度で物を言う。

隣のベッカーが口を開いた。

「ビルセン教頭。学園長は？」

「急用で留守にしている。ここの対応は私に一任された。それとも私では不満かね」

「ああ、いえ」

こほん、と咳払いをしてベッカーは胸に手を当てる。

「私は王立治療院特級治癒師のエルナルド・ベッカーです。臨時教員のゼノ君をお連れしました」

「ああ、聞いてはいる」

教頭は忌々しげに言うと、机に置かれた書類をめくった。

「ゴルドラン教室の元研究生ね。失脚した男の下にいたというだけで怪しいのに、正式な職員でもないらしいじゃないか。ベッカー先生、特級治癒師に失礼かもしれんが、引率の君も逮捕されたという噂を耳にした。本当に大丈夫なのかね」

「あはは、私は一応正式に無罪になりましたから」

「ふん。それにしたって、その男はろくな実績もないいんだろう。臨時教員とは言えフェンネル卿は
なんだってこんな得体の知れない男を……」

「……」

どうやらあまり歓迎されてはいないようだ。ただ、今のやり取りで今回の件に七大貴族の一角で
あるフェンネル卿が絡んでいることがわかった。

教頭は座ったまま、ゼノスを指さす。

「フェンネル卿には多額の寄付金を頂いているからな。学園長の一存で、期間限定で受け入れたん
だ。だが、何か問題を起こしたらすぐにクビにしてやるからな。覚えておけ」

こういう対応に慣れているので、とりあえずそれらしい顔で頷いておく。

しかし、教頭の顔にはすぐに嗜虐的な笑みが浮かんだ。

「……ま、その前に自分から辞めさせてくれと言うだろうがな」

「それはどういうことですか？」

ベッカーが口を挟むと、教頭は鼻で笑って言った。

「ゼノ君。君にはFクラスの担任をしてもらおう」

「担任？　治癒魔法学の教師と聞いていたが」

「人手不足でね。治癒魔法学も多少は教えてもらうが、正式な担任が決まるまではそっちを頼む。こ
ちらだって無理な要求を受けているのだ。そのくらいのことは飲んでもらおう」

ベッカーが一歩前に出る。

「待って下さい、教頭。そもそも学園にはEクラスまでしかなかったと記憶しておりますが」

「期間限定で実験的に新設されたクラスだよ。やりがいもひとしおだろう」

教頭はそれだけ言って、面談を打ち切った。応接室にはベッカーとゼノスが残される。この後はクラス委員が迎えに来ることになっているらしい。

「すみません、ゼノ君。なんだか妙なことになってしまって」

「まあ、俺は本場の学校教育に触れるのが目的だから、治癒魔法の講師でも担任でもどっちでもいいんだけど……」

ゼノスはそこで言葉を止めて、ベッカーに目を向けた。

「そもそも担任って何？」

「ですよねぇ……こういう展開は想定してなかったので、ちゃんと教えてませんでしたね」

召集があった時から今日まで、治癒魔法学の教師としての基本的な授業構成や講義内容をベッカーに教わっていたが、担任の役割については未学習だ。とりあえず担任とは勉強以外も含めてクラスメンバーの面倒を見る教師という簡単な説明だけを聞いた。

「弱りましたね。もっと色々お伝えしたいところですが、私もさすがにそろそろ王立治療院に戻らなければなりませんし……」

「ま、いいや。なんとかなるだろ」

「いやいや……と言いたいところですが、あなたが口にすると本当になんとかなりそうな気がするから不思議ですね」

ベッカーは両手の指を絡ませて、空のソファを見つめた。

「なぜか、もう思い出せないはずの彼も同じような雰囲気を持っていたような気がします」

「師匠か……」

確かに師匠は結構適当な物言いをすることも多かったが、不思議とその言葉には安心感があった。

しばしの沈黙の後、ゼノスは言った。

「ベッカー、あんたには感謝してるよ。あんたから聞いた手記のこと、あれを探す過程で大事な仲間と過去に向き合うことができた。今回もここまで連れてきてもらったし、後はなんとかするから任せてくれ」

「ゼノス君。しかし――」

「ふん、やっと来たようね」

甲高い声とともに、応接室のドアが勢いよく開いた。

颯爽と現れたのは、明るい栗色の巻き毛に、少し吊り上がった気の強そうな瞳をした美しい顔立ちの少女だ。

「……誰だっけ？」

「は、はあっ？　この私を忘れたっていうの？」

「冗談だよ。急に入ってきたから一瞬戸惑ったけど、関わった患者はみんな覚えてる。傷はもういいみたいだな」

「え、ええ……」

少女は頬に手をやり、薄い唇を引き結んだ。

七大貴族、フェンネル卿の愛娘――シャルロッテ・フェンネル。

ゼノスがかつて奇面腫という腫瘍の手術を施した少女だった。

＋＋＋

いつまでも引率者がついて回るのも妙に思われそうなので、不安げなベッカーに大丈夫だと告げて半ば強引に別れる。ここまで来たら、もうじたばたしても仕方がない。

その後、ゼノスはシャルロッテについて校舎を歩くことになった。

足を踏み出すたびに、きらきらした艶のある髪が左右に揺れる。

シャルロッテは得意げに言った。

「名誉ある学園の講師になれるなんて光栄でしょう」

「まあ、滅多にない機会だとは思ってるよ」

「ふふふ、私に死ぬほど感謝するがいいわ」

「……なんで？」

「はあ？　だって私がお父様にお願いして――」

「そうなのか？」

すると、シャルロッテは少し慌てた様子で手を振った。

「ち、違うわっ。今のは間違い。別にもう一回会ってみたいとか、これっぽっちも思ってないから。勘違いしたら許さないわよ。私を誰だと思ってる訳？」

「お、おお……」

なんだかよくわからないが物凄い勢いで否定された。

シャルロッテはつんとした表情であさっての方角を向く。

「……しゅ、手術の件で、お父様があなたに慈悲を与えて下さったのよ。別にそんなのいらないって私は言ったんだけどね。仕方ないから、あなたが教師をするのを認めてやったのよ。渋々ね、渋々っ」

「なるほど……」

フェンネル卿との接点は愛娘の手術くらいだが、やはりそれがきっかけだったらしい。穏健派とは聞いていているが、娘の手術に関わった一介の助手ごときをわざわざ取り立てようとは、フェンネル卿は相当義理堅い人物のようだ。

「この私が案内してやるんだから、泣いて喜ぶがいいわ」

「ああ、助かるよ」

笑いかけると、再び物凄い勢いでそっぽを向かれた。

予想通り歓迎はされていないようだが、知った顔がいるのは幾らか心強い。

早足で歩くシャルロッテの後を追うような形で校内を巡る。シャンデリアが並んだ晩餐会会場のような食堂、山のような蔵書を誇る図書館、広大な遊技場に歌劇場まで併設されている。

どこも眩暈(めまい)がするほど豪華だ。ここは宮殿か？

貧民街に学校を作るため教育の基本を学びにやってきた訳だが、レベルが違いすぎて早くも参考にならない気がしてきた。

「すごいな。広すぎて一度迷ったら二度と出てこられなそうだ」

「おおげさね。どこの学校もこんなものでしょ」

絶対違うと思うが。七大貴族の娘はさすがに言うことが違う。

実際、一緒に歩いているだけでも、すれ違う生徒たちが「ご機嫌よう。シャルロッテ様」と声をかけてくる。貴族の子弟が通う学園においても七大貴族の娘は特別な地位にいるようだ。

そのまま廊下を進んでいたら、少しずつ辺りの雰囲気が変わってきた。天井(てんじょう)や壁の装飾がどこかぞんざいで、他の場所と比べるとなんとなく薄暗く、空気が淀(よど)んでいる気がする。

前を行くシャルロッテが廊下の先を指さす。

「この先が、あなたが担任を受け持つFクラスよ。今は私のクラスでもあるけど」

「Fクラス……」

事前にベッカーに聞いていた話では、レーデルシア学園では上級貴族はAクラス、中級貴族がBクラスとCクラス、下級貴族がDクラスとEクラスに分かれているらしい。Fクラスがあるという話は聞いていなかったし、ベッカー自身も知らなかったようだ。

「新設されたクラスと聞いたが」

「新しい学園長が今年作ったのよ」

「どんなクラスなんだ？」

シャルロッテの通うクラスというのだから、七大貴族レベルの子弟が集まっているのだろうか。

そんな推測を口にすると、呆れた様子で溜め息をつかれた。

「何言ってるの？　Ｅクラスの下なんだから、Ｆクラスは下級貴族に決まってるでしょう」

「ん？　だけど――」

「私の所属は当然Ａクラスよ。むしろこの私がＡクラスでなくて、他の誰がＡクラスになれるのか聞いてみたいものだわ」

「お、おぉ……」

この娘は言葉の端々に支配層としての自負が自然と漏れ出ている。

――子供と言えど相手は貴族です。くれぐれも対応には注意して下さい。

ベッカーの言葉がふいに脳裏をよぎった。

貴族の中でもトップ層に君臨する目の前の少女は、やれやれと肩をすくめる。

「あなた全然知らないのね。学園ではＡクラスの生徒は模範生として一定期間他クラスに通うことになっているの。貴族の中の貴族である私たちと同じ空気を吸わせてあげることで、中級や下級の貴族にも自然とエレガンスを身につけてもらおうという訳」

「すごい自信だ……！」

「何か言った？」

「ああ、いや……それで今は一時的にＦクラスにいるって訳か」

それにしても気位の高そうなシャルロッテが、期間限定とは言えどうしてこんな薄暗い場所にある教室を選んだのだろうか。

「頬のおできの件で一か月くらい無断欠席したから、Ａクラスの連中に変に勘繰られるのが面倒なのよ。ＦクラスならＡクラスと離れてるから滅多に会わないし、ほとぼりが冷めるまで距離を置きたいってだけの理由。べ、別にＦクラスだったら臨時教員を雇いやすいとかそういう理由じゃないからっ」

「……」

最後は何を言っているかよくわからなかったが、要は奇面腫に罹患して治療をしていたことをクラスメイトに公にしたくないということらしい。

ふと窓の外に目をやると、緑の木々が整然と並ぶ裏庭が広がっていた。

そこに妙な光景がある。

点在する植え込みの一つで、一人の女子生徒が地面に這いつくばっているのだ。

「何やってるんだ？　あれも貴族の儀式なのか？」

奇妙な光景を指さすと、シャルロッテはそっちを見て窓を勢いよく開け放った。

「そんな訳ないでしょ。イリア、あなた何をしてるのっ」

「あ、はいっ！」

イリアと呼ばれた少女は、慌てて立ち上がった。

焦げ茶色の髪をお下げにしており、貴族というより町娘のような素朴な外見をしている。

「あ、シャルロッテ様。ちょっと探し物を……」

「淑女がみっともない真似をしないの。教室に戻りなさい」

「あ、は、はいっ」

少女は恐縮した様子で、何度も頭を下げてその場を立ち去る。

「ええと……」

「Ｆクラスの娘よ。まったくあの問題児クラスは困ったものね。私と同じ空気を吸わせてあげてるのだから、もう少し素行を正して欲しいものね」

「問題児クラス？」

思わず口にすると、シャルロッテは当たり前という風に頷いた。

「ん？　そうよ。ＦクラスはＥクラスの下って言ったでしょ。下級貴族の中でもＥクラスにすら入れない手に負えない厄介者の集まりなのよ。ま、私には関係ないけど」

歩き出したシャルロッテに、ゼノスはふと尋ねる。

「なあ、Ｆクラスって前の担任がいたんだよな。そいつはどうしてるんだ」

「辞めちゃったみたいよ。いつの間にか来なくなったって。みんな無責任よね。生徒が生徒なら教師も教師だわ」

「みんな？」

振り返ったシャルロッテは、長い睫毛をぱちくりと瞬かせて、こう続けた。

「そう。Ｆクラスの担任、あなたで五人目なのよ」

+++

「さあ、入って」

シャルロッテの後に続いてFクラスの教室へと足を踏み入れる。

中は治療院に比べれば遥かに立派だが、やはりどこか薄暗い。北向きで日が当たりにくいのが原因だろう。シャルロッテからは元々倉庫として使われていた場所だと聞いた。

生徒数は十名に満たず、思ったより少ない。誰も声をかけてこないが、じっとりとこちらの様子を窺うような視線が向けられている。

「新しい担任を連れてきたわ。ほら何か言いなさい」

シャルロッテに促されて、ゼノスは教壇に立つ。

下を向いている者もいれば、外を眺めている者もいるし、睨むような視線を送ってくる者もいる。

ゼノスは息を吸って簡単な自己紹介をすることにした。

「王立治療院の紹介で臨時教師としてやってきた。ゼノと呼んでくれ」

特に返事はない。今さらではあるが、少なくとも歓迎はされていないようだ。

「さて……」

ゼノスは教卓に両手をつき、生徒たちを見渡す。

「じゃあ、解散」

「って、ちょっと待ちなさいよっ！」

隣に立っていたシャルロッテが慌てた様子で言った。

「なんでいきなり解散なのよ」

「え、まずかったか？　なんとなく終わりそうな雰囲気だったから」

水を打ったように静かだった教室が少しだけざわめく。

「ちょ、ちょっとこっち来なさい」

シャルロッテに腕を引かれて廊下に連れ出された。

「どういうつもり？　あなた担任でしょ？」

「仕方ないだろ。いきなり召集かかって、今日担任やれって言われたんだ。担任なんてやったことないからよくわからないんだよ」

「そ、それはパパの意向で。わ、私じゃないからっ」

「さっき聞いたからわかってるよ」

「それにしたって大体どうすればいいかわかるでしょ。基本教育受けてないの？」

「残念ながら……俺が受けたのは特殊な教育なんだ」

「ああ、そうか。あなた元々外国の人間だったっけ」

「ここから見たら外国みたいなもんだな」

シャルロッテは溜め息をついて言った。

「いい？　まずは出席を取るの。教卓に出席簿があるから。で、連絡事項があれば共有。なんでこの私がそんなことまで」

「助かるよ。ありがとう」

「べ、別にクラス委員としてやってるだけで、あなたのためじゃないから」

なぜかびしぃと指をさされる。

再び二人で教室に戻り、シャルロッテは奥の席についた。

とりあえず言われた通り教卓の出席簿を手に取り、名前を読み上げる。

「じゃあ、出席を取るぞ。まずはイリア・クラベル」

「あ、は、はいっ」

最前列の少女が顔を上げる。さっき裏庭に這いつくばっていた少女だ。おどおどした態度で、まるで怯えた小動物のように見える。貴族は全員えらそうに振る舞っている印象があったので、こういう少女もいるのかと意外に思えた。

「次はシャルロッテ・フェンネル」

「あ、あなたに呼び捨てされる筋合いはないからっ」

「お、おぉ……」

出席を取れと言ったのは、どこの誰だったか。

その後、何人かの名前を読み上げるが、やる気のなさそうな返事が返ってくるだけだ。

続いて反応したのは褐色の短髪をした大柄な男子生徒だ。

「ライアン・ダズ」

「おぅ」

腕を組み、背もたれに横柄に寄りかかっている。

ある意味では貴族らしい態度をしたその生徒は言った。

「先生よぉ、あんたは大丈夫なんだろうなぁ」

「ん、何が？」

「なぜか俺らの担任になった奴はすぐに辞めやがるからよ」

「ああ、俺で五人目と聞いた。一応、任期中は続けるつもりだけどな」

「はっ、せいぜい頑張ってくれ」

ライアンは腕を組んだまま、にたりと笑う。

ゼノスは笑顔で応じた。

「そうか、ありがとう。頑張るよ」

「まじで激励した訳じゃねえよっ」

男子生徒がなぜか声を張り上げる。最後は端に座った女生徒だ。

「エレノア・フレイザード」

「……」

返事がない。深紅の髪を肩口まで伸ばした少女で、夏だというのに長袖を着ている。こちらを見る目は冷ややかで、どこか敵意のようなものすら感じられた。とりあえず出席はしているので名簿に丸をつける。

なんとなく一筋縄ではいかなそうなクラスというのはわかったが、学校を経験したことがないので、もしかしたらこれが普通なのかもしれない。学校とは生徒が先生を挑発し、互いがぶつかり合う中で成長を促す施設と考えればいいのだろうか。

孤児院では教官への反抗は一切許されなかったので、なんだか新鮮に感じる。

「ん……？」

出席簿を教卓の下に戻そうとした時、指先に鋭い痛みが走った。皮膚が小さく裂けて血が滲んでいる。中を覗くと剥き出しのナイフが置いてあった。教室のあちこちからくすくすと笑い声が漏れる。

「ちょっと、どうした訳？」

窓際のシャルロッテが眉をひそめる。

「ああ、いや。中にナイフが置いてあるんだ。誰かの忘れ物か？」

「は？　ナイフ？　どういうこと？　忘れ物じゃないわよ、誰かがわざと仕込んだんじゃない」

立ち上がって教室を見回すシャルロッテに、ゼノスは涼しい顔で言った。

「誰かが仕込んだ？　へぇ、やっぱり学校ってのは生徒が先生に挑む場所なんだな」

「いや、違うと思うけど!?」

「ははは、でも結構優しいんだな」

「は？」

「今まではいきなり斧で首を落とされそうになったり、魔法銃で撃たれたりが普通だったから、ナイフが置いてある程度なら可愛いもんだ。もう治したし」

「ど、どういうことよ……」

ゼノスは全く傷のない指を掲げる。にわかにざわめき始めた教室で、ゼノスは教卓に手をついて再び一同を見渡した。

「わかった。俺も教師という立場についた以上、ここのルールには従うぞ。挑戦は受けよう。全力でかかってこい。こっちも全力で返り討ちにしてやる」

「ちょ、ちょっと、さっきから何を言ってるのよっ」

教室のざわつきは更に大きくなる。そんな生徒たちを眺め、ゼノスは言った。

「じゃあ、解散」

「って、だから、なんでそうなるのよっ」

シャルロッテの突っ込みとともに、朝のチャイムが学園に鳴り響いた。

+++

朝礼が終わり、職員室の端に用意された自席に腰を下ろすと、向かいの席の男が立ち上がった。

「新任のゼノ先生ですか?」

歳はぱっと見、三十前後。整えられたブラウンヘアーで、爽やかな笑顔をしている。

鍛え上げられた右腕が真っすぐ差し出された。

「一年Dクラス担任のハンクス・エルナーです。専門は格闘術。宜しく」

「ゼノと呼んでくれ。一応、治癒魔法学の教師だ」

手を握り返すと、ハンクスと名乗った男は感心した様子で言った。

「早速、噂になってますよ、おたく。あのFクラスにいきなり宣戦布告したって」

「え、そうなの……？」

郷に従っただけで、そういう意図はなかったが。

ハンクスはからからと笑う。

「まあ、そのくらい強気のほうがいいんじゃないですかね。なんせあのクラスの生徒には俺も随分と手を焼かされましたから」

聞くと、新学園長の指示により、元々下級貴族の属するDクラスとEクラスにいた生徒のうち、問題を抱えた者を集めてFクラスは作られたらしい。

「問題児だけを集めるって、学校はそういう場所なのか？」

「勿論、公にはより細やかな教育をするためクラスを分割したと謳ってますがね」

ハンクスは辺りを窺うように声を落とした。

「Fクラスの担任、ゼノ先生で五人目なんです。身の回りにはくれぐれも気をつけて」

「それは聞いたけど、なんでそんなことになったんだ」

「詳しいことはわからんですね。辞めた担任は皆夜逃げのようにいなくなったみたいで、何かしら嫌がらせがあったようですが……」

軽く溜め息をついてハンクスは続ける。

「正直、厄介払いみたいな方法でFクラスを作ったのはどうかと思いますがね。学園長の指示だから、現場は勿論、保護者だってなかなか文句は言えないんですよ」

「へぇ……」

学園長とは留守中で会えなかったが、Fクラスの生徒は下級とはいえ全員貴族だ。

貴族の親は当然貴族であり、その親たちも文句を言えない相手というのは一体何者だろう。

すると、ハンクスは驚いた様子で瞬きをした。

「あれ、知らないんですか？　新学園長はかつてこの学園を首席で卒業した、七大貴族ベイクラッド家の次期当主ですよ」

＋＋＋

その日、学園敷地の端にある職員寮に戻ったのは夕方だった。

学園の教師には貴族出身者と市民出身者がいて、上位クラスは貴族出身者、下位クラスは市民出身者が主に教えることになっているらしい。この寮は市民出身者のためのもののようだ。当然、貧民出身者のことなど想定すらされていない。

どこまでいっても階級が色濃く影響する社会だが、それでも十分に立派な建物ではある。

「おかえり、ゼノス」

ドアを開けると、奥からスリッパを履いたリリがぱたぱたとやってきた。

「ご飯にする？　お風呂にする？　それとも、リリ？」

このくだりは王立治療院の寮でも見たことがある。

「リリ。妹は多分そういうこと言わないぞ？」

「ぶぅ」

妹設定のリリの後ろには、最高位アンデッドがふよふよと浮いていた。

「なんじゃ、初日は無事か」

「無事じゃない前提やめてくれるか？」

その後、食卓についたゼノスは、二人に今日一日の話をした。

「ええっ。そのクラス大丈夫なの、ゼノス？」

「ひひひ、全力で返り討ちにしてやる、は傑作じゃ。貴様は期待を裏切らん奴じゃ」

驚くリリと、腹を抱えるカーミラ。ゼノスは頬杖をついて唇をわずかに尖らせる。

「仕方ないだろ、学校を知らないんだから。そういうのが普通だと思ったんだよ」

「それにしても、七大貴族の娘に、挙動不審な小娘。いかにもやられ役風のいきり男に、無言で睨んでくる訳あり風赤髪少女。しかも学園長は超エリートの七大貴族ときておる。くくく、面白そうなカードが揃ってきたではないか」

「お前はいつも楽しそうで羨ましいよ」

と言うか、いかにもやられ役風ってなんだ。

朝礼の後は、Ｆクラスに対して治癒魔法学の授業も行ったが、背中に突き刺さるような視線をちょくちょく感じた。宣戦布告によっていきなり関係が悪化したかもしれない。

「で、肝心の学校教育とやらは学べそうなのか？」

「それがなぁ……」

カーミラの質問に、ゼノスは腕を組んで唸った。

空き時間に他の授業も見学させてもらって、何をどう教えているのかを学ぶつもりだったし、事前にそういう要望も伝えていた。だが、高圧的な教頭から宣戦布告の件を厳しく注意され、古い資料の整理や、校舎の傷んだ場所の修繕といった多くの雑事を押し付けられてしまった。

授業見学の希望を改めて伝えたが、素性も知れない男を自由に教室に出入りさせる訳にはいかないと断られたし、実際、素性が怪しいのは確かなので反論もしにくい。

「あ、じゃあゼノスの代わりにカーミラさんに授業を聞いてもらうとか？」

リリがぽんと手を叩いて言った。カーミラに杖に宿ってもらい、それを教室の目立たないところに置いておく。その状態で授業を聞いてもらい、後でゼノスたちに共有する案だ。

しかし、当のカーミラはあまり乗り気ではなさそうだ。

「うぅむ。多少興味はあるが、長時間杖に入るのは厳しいのぅ。身体がばきばきになる」

「身体ないだろ……」

同僚のハンクスは幸い話しやすい人物だが、さすがに基礎教育を一から教えてくれとは頼めない。

ゼノスは頰杖をついて、ぼんやりと言った。

「誰か教えてくれる奴、いないかなぁ」

＋＋＋

それからの一週間は出欠を取り、ごく基本的な治癒魔法学の授業をし、教頭から指示された雑用をするだけで終わった。相変わらずＦクラスの生徒たちはよそよそしく、時に敵意のようなものは感じる。

シャルロッテだけはちょくちょくと絡んでくるが、彼女は本来Ａクラス所属ということもあり、今のクラスメイトと馴染む気もなさそうだ。

「まいったな……」

昼休み。裏庭のベンチでリリの用意した弁当を口に運びながら、ゼノスは溜め息をついた。

貧民街に学校を作るために、教育のなんたるかを学ぶつもりでやってはきたが、他の授業を見学することもできず、今のところ順調とは言い難(がた)い。

「そんなところで何やってるのよ」

艶やかな栗色の髪を風に揺らしながら、少女が一人近づいてくる。

「ああ、シャルロッテか」

「ああ……って何？　この私がわざわざ声をかけてやったのよ。もっと嬉(うれ)しそうにしなさいよ」

「でも、毎日会ってるし」

「この私と毎日会えるのよ。神に感謝するがいいわ」

シャルロッテは自身の胸に右手を添えて、得意げな表情を浮かべた。

この自己肯定感の高さは、きっと生まれによるものだろう。

ゼノスは魚肉の香草焼きを口に運んで言った。

「教頭に裏庭の掃除を言いつかったんだよ。広すぎて午前中いっぱいかけて、やっと一割が終わったところだ」

「裏庭の掃除？　そんなの用務員の仕事じゃない。教師がやることじゃないわ」

「やっぱりそうなのか？」

なんせ普通がわからない。

生徒から挑まれるのが教師。雑事をこなすのが教師。一体、正しい教師像とは何だろう。

すると、シャルロッテはわずかに口の端を上げて言った。

「ね、私からお父様に言ってあげようかしら。余計な仕事を増やさないようにって」

「……」

しばらく黙った後、ゼノスは首を横に振った。

「気持ちだけ有難(ありがた)く受け取っておくよ」

「え？　私の申し出を断るの？」

「ま、一応教師だからな。生徒にただで助けてもらう訳にもいかないだろ。代わりに差し出せるものがあればいいけど、お前が持ってないものなんてないだろうし」

見ると、シャルロッテは不満げに唇を引き結んでいる。

まさか提案が拒否されるとは思ってもみなかったようだ。

何度か深呼吸をした後、シャルロッテはゼノスの持つ弁当箱に白い指先を向けた。

「なんなの、そのお弁当。随分と質素なものを食べてるのね」

「別にいいだろ」

「うちの執事に頼んで、もっと豪華なものを用意してあげましょうか」

「なあ、シャルロッテ」

ゼノスはフォークを持つ手を止めて、少女を見上げた。

「俺はこの弁当を気に入ってるんだ。お前は全(すべ)てを持ってるんだろうが、豪華なものがいいとは限らないよ。何かを施す時は、相手がそれを喜ぶかは考えたほうがいいぞ」

「は……？」

シャルロッテの顔色と声色が変わった。

指先が小さく震え、淡雪のような真っ白な肌が紅潮している。

「こ、この私に、説教するつもり……？」

「いや、説教って言うか」

「パパにも怒られたことないのに、こんな教師は初めてだわ。不愉快よっ」

「……え？」

シャルロッテは肩を怒らせ、背を向けて去っていく。

「お、おぉ……」

――子供と言えど相手は貴族です。くれぐれも対応には注意して下さい。

意識はしていたつもりだが、早くもベッカーの懸念が現実になりそうだ。

校舎に消えたシャルロッテの背中を眺めて、ゼノスは額を押さえた。

「教育って難しいぞ、師匠……」

まだここに来て一週間だが、思った以上に難しい。当時の師匠はどうして見ず知らずの貧民の子供相手にこんなに手間のかかることをしたのだろう。

そんなことを考えていたら、ふと不思議な光景が目に入った。

繁みの手前で、女生徒が地面に這いつくばっている。

「……イリア?」

「あ、はいっ」

普段Fクラス最前列に座っている少女が、慌てて立ち上がった。

少女は制服についた土を払いながら、おどおどした様子で言った。

「あ、ゼノ先生ですか。こんなところで何を……?」

「それはこっちの台詞(せりふ)だ。前もやってたそれ、何やってるんだ?」

尋ねると、イリアは少し困った顔をした。

「あの……探し物をしてて」

「ああ、木の実でも探してるのか？　残念ながら、そのタルカナの木にできる実は棘(とげ)もあるし、硬くて苦くてかなり頑張らないと食べられないぞ」

「く、詳しいですね。というか食べたんですか？」

「まあ、木の実は昔一通り試したからな。で、何を探してるんだ？」

「木の実は一通り試した……？　あ、いえ、あの……教科書を探してて……」

「教科書？　教科書って木の実みたいに落ちてるものなのか？」

するといつも怯えた表情をしていた少女が、ぷっと噴き出した。

「あはは、そんな訳ないじゃないですか。先生面白い冗談ですね」

「そ、そうだよな……そんな訳ないよな。ハハ、ハハハ……」

変な汗をごまかしつつ、ゼノスは頷く。

「じゃあ、なんでそんなところで探してるんだ？」

「それは――」

イリアは佇んだまま口ごもっている。ちょうどその時、反対側から別クラスの生徒たちがぞろぞろと歩いてきた。一団はイリアに気づいたようでそこで立ち止まる。

「あれ、イリアじゃん」

「あいつこんなところで何やってんの？」

「ほら、いつもみたいに教科書探してるのよ」

「ああ、お前が学んでも仕方ねえからな。親切な奴がまた裏庭に捨ててくれたんじゃねえか」

「……」

イリアは顔を伏せたまま、両手を握りしめている。

ゼノスが立ち上がろうとした時、大柄な男子生徒が校舎の陰からやってきた。

「おい、邪魔だ。お前ら」

Ｆクラスのライアンだ。獰猛な獣のような目で、集団を睨みつける。生徒たちは不満げに左右に分かれ、ライアンが中央を横切る。瞬間、誰かが言った。

「ふん、落ちこぼれが」

「なんだと？」

ライアンは一人の生徒の襟首(えりくび)を掴(つか)み上げた。生徒は強気に口を開く。

「本当のことだろ？　家でも落ちこぼれてんのに、Ｅクラスからも落ちこぼれたんだ」

「黙れっ」

ライアンは襟首を掴んだ手を横に振るった。生徒はおおげさに倒れこみ、地面に手をつく。すりむいた手の平に、血が滲んでいた。

「押した！　こいつ押したぞ。ほら、傷があるっ。落第点だっ。誰かっ！」

「おい、どうした」

騒ぎに駆け付けたのは、Ｄクラス担任のハンクスだ。

一瞬ゼノスと目が合った後、ハンクスは倒れこんだ生徒の脇に膝(ひざ)をついた。

「何があったんだ？」

「ライアンにやられたんだ。ほら、傷があるだろ。あいつに落第点をつけてくれよっ」

大騒ぎする生徒の手をハンクスはまじまじと眺める。

「別に……どこも怪我してないぞ」

「え、あれ……?」

生徒は傷一つない自身の手の平を見て、首をひねった。

「な、なんで?　さっき確かに血が出てたのにっ」

「そう言われてもないものはないからな。ほら、もう引き上げろ」

ハンクスに促され、他クラスの一団は渋々教室へと向かう。ライアンは去っていく生徒たちから
ゼノスに視線を移すと、ちっと舌打ちをしてその場を去って行った。

残されたゼノスは、リリの弁当をしまって、ゆっくり立ち上がる。

「うーん……これでよかったのか?」

倒れた生徒の傷を一瞬で治したのはゼノスだった。その結果ライアンが罪に問われることはなかったが、彼が他クラスの生徒を倒したのは事実である。それでも咄嗟に治癒魔法を発動したのは、ライアンの介入でイリアへの中傷が止まったからだ。

イリアは去っていくライアンの背中を、申し訳なさそうに見つめている。

「なあ、イリア。あいつら――」

「いえ、その、大丈夫です」

さっきの一連のやり取りのことを尋ねようとしたが、イリアは首を横に振り、勢いよく言った。

「それより、ゼノ先生、今の……もしかして、ゼノ先生が治したんですか?」

「……なんで？」

「だ、だって、初日にゼノ先生、自分の手の傷をすぐに治したから。もしかしたら、先生ならできるかもしれないって……」

「……」

意外と鋭い指摘に答え方を思案していると、イリアは意を決したように言った。

「あ、あの……先生っ。わ、私に治癒魔法を教えてくれませんかっ？」

一瞬の静寂。暑気を含んだ風が木立を揺らす。

ゼノスは指をもじもじと絡ませる気弱そうな少女を、しげしげと見つめた。

「治癒魔法を？」

「は、はい……だ、駄目でしょうか？」

「一応、授業でも教えてるつもりだけど」

「そうですけど、その、魔法を教えて頂きたくて……」

確かに治癒魔法学の授業では基本的な人体の構造や機能を説明するだけで、治癒魔法そのものは教えていない。というのも、貴族は治癒師になる訳ではないので、それで十分だとベッカーに聞いていたからだ。実際、同僚のハンクスに見せてもらった指導要領にも、治癒魔法を教えるとは書かれていなかった。

「ちなみに、なんで？」

「その……興味がありまして……」

ぼそぼそと小声で話す少女を眺め、ゼノスはぽりぽりと頬を掻く。

「教えられないことはないが、全員が魔力を持ってる訳じゃないからなぁ」

「そ、そうか……そうですよね……」

イリアは肩を落として、とぼとぼとその場を離れていく。

その丸まった背中を見た瞬間、ふと思いついたことがあった。

「ちょっと待ったぁ！」

「？」

立ち止まったイリアが、不思議そうにこっちを振り向く。

「イリア。お前、基礎教育を受けているか？」

「え、ええ、それはまあ一通りは……」

ゼノスはごほんと咳払いをして、女生徒に言った。

「放課後でよければ、個人授業で治癒魔法を教えることはできると思うぞ」

「ほ、本当ですかっ？」

ただし、とゼノスは指を一本立てる。

「代わりに、俺……じゃなくて、家の奴に基礎教育を教えてくれないか？」

第三章
市民上がりの少女

放課後。

ゼノスは一足先に敷地内の職員寮に戻り、来客の旨をリリとカーミラに伝えた。

「え、貴族学校のお姉さんが勉強を教えてくれるの？」

「なるほど、リリに教える方式にするとは考えたの」

教師という立場上、さすがに自分に教えてくれとは言えないので、リリの勉強を見てもらうという口実で基礎教育を学ぶ機会を得ることにした。

「貴様にしては機転が利くではないか」

「褒められてないが？　まあ、いつまでここにいられるかわからないから、少しでもできることはやっておこうと思ってな」

「どういうこと？」

きょとんとするリリに、ゼノスはシャルロッテの機嫌を損ねた件を説明する。

「え、シャルロッテさんって七大貴族の娘さんだよね？」

「そうなんだよなぁ……」

数少ない知人で父親が圧倒的な権力を持つ少女の機嫌を損ねてしまった。

もはやこの学園における教師の役割も風前の灯である。

「えー、もう終わりかえ？　つまらんのぅ」

「悪かったよ」

「わらわプロデュースによる学園七不思議その一、誰もいない音楽室でピアノが鳴る怪談すらやっておらんというのに」

「めちゃくちゃしょうもないこと考えてた、この浮遊体！」

不毛なやり取りの直後、ドアが控えめにノックされた。リリがエルフの耳を隠すための耳当てを素早くつけ、カーミラが姿を消したのを確認し、ゼノスはドアを開けた。

「イリアか。よく来たな」

「あ、こ、こんばんは、先生」

お下げの少女が、どこか不安げに大きな鞄を抱えて立っている。

そして、更に後ろには栗色の髪をした不機嫌そうな少女が仁王立ちになっていた。

「シャルロッテ？　なんで？」

「あ、あの、シャルロッテ様が自分も行くって」

おどおどと答えるイリアを脇にどけ、シャルロッテはずいと前に進み出た。

「べ、別に校舎の角であなたたちの会話を聞いてたとかそういう訳じゃないからっ」

そのまますかずかと中に入ってきて、びしぃとゼノスを指さした。

「というか、どうして追いかけてきて謝らない訳？　信じられないんだけど」

「お、おぉ……」

「わざわざ謝罪の機会を与えに来てやったのよ。ありがたく思いなさい。大人しく謝るなら、今回だけは無礼を許してやらないでもないわ」

「……」

リリがはらはらした様子で、ゼノスを見ている。

ゼノスは髪をぼりぼりと掻いた後、シャルロッテに言った。

「俺は間違ったことを言ったとは思ってないから、謝る気はないよ」

「なんですって……！」

「ただ、お前が不機嫌でいるのは楽しくないからな。機嫌を直して欲しいとは思ってる」

ゼノスは台所に向かい、普段からリリが愛用している茶葉を使って紅茶を淹れた。

それをシャルロッテに差し出す。

「ほら、せっかく来たんだ。もてなすぞ」

「私にこれを飲めって言う訳？」

「豪華なものが常にいいとは限らないって言っただろ。たまには庶民のものを知るのも悪くないと思うぞ。勿論、嫌なら無理強いはしないが」

「……」

シャルロッテはリリに一瞬目を向け、湯気の立つ紅茶カップに視線を落とした。

しばらくその体勢でいた後、カップを受け取り、恐る恐る口に含む。

やがて、ゆっくりと顔を上げた。

「……お、美味しい」

「だろ？　高級品じゃないけど、うちの目利きが選んだ品だ。間違いない」

シャルロッテはもう一度紅茶を啜った。

さっきまでまとっていた刺々しい雰囲気は幾分おさまっている。

「うん。やっぱり機嫌よくしてるほうが、お前は可愛いよ」

シャルロッテの手が止まり、頬が急速に赤味を帯びた。

「は、はあっ？　な、ななな、何言ってるのっ」

「え、今の俺じゃ……」

「しょ、しょしょしょ、しょうがないわね。今回だけは許してやるわっ。感謝しなさいっ」

シャルロッテはそう言い放つと、我が物顔でリビングの椅子の一つに腰を下ろした。

「で、部屋はどこ？　早く案内しなさい」

「あの……ここが部屋ですけど」

リリが答えると、シャルロッテは驚いた様子で辺りを見渡した。

「え、嘘でしょ？　うちのウサギ小屋のほうが大きいわ」

「ええっ、おうちすごい！」

二人のやり取りを横目に、ゼノスは部屋の端に立てかけてある杖に近づいた。

「……おい。さっきのお前だな」

「くくく……結果オーライではないか。わらわは天然女殺しゼノスに少し手を貸しただけじゃ」

「天然女殺しって何……？」

「あ、あの、ええと……」

目の前のやり取りについていけてないイリアは、いまだ玄関にぽかんとした顔で佇んでいる。

声をかけると、ようやく我に返ったように大きな鞄を胸の高さに持ち上げた。

「じゃ、じゃあ、勉強を始めますね」

＋＋＋

イリアがテーブルの上で鞄をひっくり返すと、中から大量の本がどさどさと出て来た。

「とりあえず初等部の教科書を一通り持ってきました」

「おお～」

「うわ～」

ゼノスとリリは感動とともに教科書をしげしげと見つめる。

「初等部の教科書がそんな珍しい訳？」

シャルロッテがテーブルに頬杖をついて言うが、貧民にとっては貴重な品だ。

イリアは椅子に腰を下ろし、リリに目を向ける。

「えっと、その娘の家庭教師をやればいいっていうことですよね。妹さんですか？」

「いえ、妻です」

「え？」

「リリ、初対面で変なこと言うのはやめような？　色んな意味で問題になるからな？」

「ぶぅ」

「あ、冗談なんですね、びっくりした……」

イリアはほっと胸を撫で下ろす。

とりあえずリリに勉強を教えてもらう体にして、ゼノス自身もそばで聞いて学ぶつもりだ。

「それじゃあお願いしますっ、お姉さんっ」

リリはびしぃと右手と挙げた。

「か、可愛い……あっ、こちらこそ宜しくお願いします。苦手な分野はありますか？」

「全部ですっ。全部教えて下さいっ」

「ぜ、全部ですか。わ、わかりました。じゃあ、順番にやりましょう。まずは数理から」

イリアは貪欲に食いつくリリの勢いに若干のけぞりながら教科書を開いた。

「……」

シャルロッテは退屈なのか、席を立って室内をぶらぶらと歩きまわっている。

だからといって、なぜか帰る様子はない。

そのうちに壁際に立てかけてある杖の前で腰を下ろし、じろじろと眺め始めた。

「ふぅん……なんだか古臭い杖ねぇ」

「シャッ！」

「ひ、ひいっ！」

シャルロッテが短く叫んで尻もちをついた。

「どうしたんだ、シャルロッテ」

「い、今この杖が喋ったのよ！」

「気のせいじゃないか、ハハ、ハハハ……」

ゼノスは空笑いを響かせながら、杖を睨みつける。

一方、テーブルではイリアによる講義が順調に進んでいた。

「そうです、合ってます。すごい。飲み込みが早いですね！」

「えへへぇ、先生の教え方がいいです」

リリは元々賢い娘だが、イリアの教え方が非常にわかりやすいのも確かだ。

講義が一段落したところで、ゼノスはふとした疑問を口にした。

「なあ、イリア。一つ聞いてもいいか？」

「は、はい。なんでしょう」

「教科書捨てられたみたいな話を他クラスの奴らがしてたけど、本当なのか？」

植え込みを漁っていたのは、妙な儀式ではなく、なくなった教科書を探していたのだ。

「は、はい……前にも一度なくなって、植え込みの辺りに捨てられていたのを見つけたんです。今回もまたなくなったので、もしかしたらまた植え込みにあるかと思って……」

イリアは俯(うつむ)いて、おずおずと言った。

「私の家は元々市民だったんです。父の代で貴族になったんですけど、新参者だからなかなか受け入れてもらえなくて……」

この国では王族と貴族が圧倒的な権力を有しているが、市民が貴族になる手段がわずかながら用意されてはいる。冒険者として最上位のブラッククラスになった場合や、王立治療院などの国家機関の長官になった場合、それに基準以上の資産を国に納めた場合などである。圧倒的な実績を上げた前者に比べ、資産で貴族になる方法はあまり好意的に受け取られないとイリアは言う。

彼女に貴族らしくない雰囲気が漂っていた理由がわかった気がした。問題児クラスと聞いていたFクラスに、どう見ても問題児ではなさそうなイリアがいるのもおそらく家柄が原因なのだろう。

杖から露骨に距離を取ったシャルロッテが横から口を挟んだ。

「なっさけないわねぇ。おどおどしてるから標的にされるのよ」

「す、すいません……」

「じゃあ、教科書を千冊買えば？　それなら捨てる奴だって大変でしょ」

金持ちの発想はなかなかにすごい。

「で、でも、もったいないですし……」

「お前とは気が合いそうだな、イリア」

「ちょ、ちょっと、なんでイリアとあなたが気が合うのよ」

「くくく……」

最後の笑い声は聞こえなかったことにして。

しかし、最下層の貧民からすれば、貴族というだけで天上人のような存在なのに、貴族になったらなったで新たな階級に悩まされるとは気の遠くなるような話だ。

「階級、か……」

「どうしたのよ？」

「いや、なんでもない。じゃあ、そろそろ約束通り治癒魔法の練習をするか」

「あ、はいっ。お願いしますっ」

ゼノスは立ち上がって、緊張した面持ちのイリアをテーブル脇のスペースに呼んだ。

「ちなみに魔力はあるんだよな？」

魔力がなければ、そもそも魔法は使えない。

「あ、はい。中等部の時の検査で確かあると言われた気がします」

「私はないわっ」

そばにやってきたシャルロッテがなぜかえらそうに腕を組む。

「でも、私にはこの美貌と財力と権力と踊りがある」

「そういえば、舞踏会で踊るの好きだったんだよな」

かつて奇面腫の手術でシャルロッテの部屋に入った時、あちこちに舞踏会の写真があったのを思い出す。

「ま……どうしても私の踊りが見たいというなら、見せてあげない訳でもないけど」

「それはまた今度」

「ちょっと興味持ちなさいよっ」

「くく……」

杖がぷるぷると振動する中、ゼノスは直立不動のイリアに力を抜くように伝え、まずは魔力の発現の仕方を教える。師匠の教えを思い出しながら、丁寧に手順を伝えた。

イリアは両手を前にかざし、何度か深呼吸を繰り返す。

しばらくすると、ぼんやりした薄い光が手の平にかすかに現れた。

「あ、ああ、あのっ、先生っ」

「ああ、そう。そんな感じだ」

驚いた様子のイリアに、ゼノスは優しく言った。シャルロッテが腕を組んだまま目を細める。

「ふぅん、これが魔力？　随分と薄いのね」

「最初はこんなもんだ。出力と持続力が安定すれば、これが魔法の種火になる」

「ちなみに私は魔力はないけど、美貌と財力と権力と踊りがあるわ」

「はいはい」

「だから、聞きなさいよっ」

今回は杖から笑い声は聞こえない。

極度の集中のせいか、イリアの疲労が強く、本日はこれでお開きになった。不満げなシャルロッテと恐縮するイリアの二人を寮の入り口まで見送る。

部屋に戻ると、リリとカーミラが神妙な顔つきで佇んでいた。

「どうしたんだ、二人とも」

首を傾げて尋ねると、リリが確認するように答える。

「ゼノス……イリアさん、魔力が出てたよね？」

「そうだな。ま、最初はあんなもんだろ」

するとリリの後ろのカーミラが首を横に振った。

「貴様は何もわかっておらんな。これだから天然のど天才は」

「なんの話？」

「やり方を軽く習っただけで、すぐに魔力を出力するなんて一般人には無理じゃ。普通は数か月、下手をすれば何年もかかる」

「え、そうなの？」

確かに、貧民街の孤児院にいた頃、行き倒れの蘇生を独自に試みた時は白い光が死者を取り巻くまで数年かかった気がする。だが、あの頃は魔法の存在すらよく知らなかった訳で、師匠と出会ってコツを習ったら魔力の出力は即日で倍増した。

「そもそも独学で蘇生魔法を完成しかけたり、治癒魔法しか習ってないのに防護魔法と能力強化魔法を勝手に会得したりした非常識人間の基準で考えるのは間違っておるが……」

最高位のアンデッドは閉じたドアを眺めて、にやりと笑う。

「あの娘。ただの脇役その一と思っていたが、なかなか面白い素材かもしれんの」

＋＋＋

「こ、こんばんは、先生」

翌日の放課後もイリアはやってきた。

昨日はかなり疲弊していたように見えたが、意欲の高い娘のようだ。

「で、お前もまた来たのか？」

「何？　文句ある訳？　むしろ泣いて喜ぶべきところでしょう」

今日もイリアと一緒にやってきたシャルロッテは、我が物顔で敷居をまたいだ。

「いや、来たけりゃ来てもいいんだが、お前がここにいても退屈なんじゃないかと思ってな」

七大貴族の令嬢ともなればそれなりに忙しいはずだ。イリアによる基礎教育と、治癒魔法の訓練をただ眺めていても、あまり得るものはないのではないか。

リビングの椅子に腰を下ろしたシャルロッテは、頬杖をついて視線をあさってに向ける。

「……ふん、別に退屈はしないわよ」

「それならいいが」

「か、勘違いしないでよ。べ、別にあなたに会いに来てる訳じゃないからっ」

「そりゃそうだろうが、じゃあなんで来てるんだ？」

「……」

しばしの沈黙の後、シャルロッテの視線はイリアに向けられた。

「……イ、イリアを鍛えてやろうと思ったのよ。この娘は気持ちが軟弱だから」

「ええっ！」

「その顔は何？　まさか私の申し出を断る気？」

「あ、い、いえっ。お、お願いします……」

気持ちが軟弱なイリアは、身を小さくして頭を下げた。

壁に立てかけた杖がぷるぷると震えている。

イリアによる初等教育の勉強の後、シャルロッテは颯爽と立ち上がった。

「さあ、仕方ないからフェンネル家流の帝王学を特別に講義してあげるわ。そこの娘も聞いても宜しくってよ」

「はいっ！」

物憂げなイリアの隣で、リリは勢いよく手を上げる。

シャルロッテは満足げに頷いて、窓際に足を向けた。

「私は素敵」

「え？」

突然の一言に、イリアが戸惑った声を上げる。

シャルロッテは窓ガラスに映った己の顔を見ながら続けた。

「私は素敵。私は美しい。私は素晴らしい」

「あ、あの、シャルロッテ様……あ、頭がおかしく……？」

「おかしくなってないわよっ。軟弱な癖（くせ）に意外と辛辣（しんらつ）ね、あなた」

ふぅと大きく息を吐いて、シャルロッテは艶（つや）のある髪に手櫛（てぐし）を通す。

「わからない？　己を愛（め）でているのよ。私がいかに素晴らしいかを繰り返し口にして、後は強気に出るだけ。簡単でしょう」

「え、ええ……」

「おお……」

困惑するイリアと、軽く唸（うな）るゼノス。

強い。なんというか、強い。階級でものを語るのは好きではないが、生まれの強さというものをまざまざと感じざるを得ない。

シャルロッテはこちらをくるりと振り返った。輝く栗色の巻き毛がふわりと弧を描き、なんだか本当に一段美しくなったようにも見える。

「はい。やってみなさい、イリア」

「わ、私は……」

「何？　聞こえないわ？」

「わ、私は……素敵」

「声が小さい。あなた本当に自分を素敵だと思ってる？」

「お、思ってません……」

「それが駄目なのよ」

つかつかとやってきたシャルロッテは、俯き加減のイリアの顎をくいと持ち上げた。

「あふぁっ」

「私には勿論及ばないけど、あなたもそう悪くない顔立ちをしてるわ。自信を持ちなさい」

「え、あ、はい、あ……ありがとう、ございます……」

イリアの頬がわずかに赤く染まる。

「じゃあ、もう一度」

「わ、私は、素敵」

「続けて」

「わ、私は、美しい。私は、すっ、素晴らしい」

「リリは素敵っ！　リリは可愛いっ！　リリは素晴らしいっ！」

リリも一緒になって、自画自賛ワードを連呼している。異様な熱気が室内に満ち、まるで怪しげな集会のようだ。

「くくく、わらわは言うまでもなく素晴らしい」

三人の発声に混じって、やたら自己肯定感の高いコメントが聞こえる。

そのまま最後は大合唱のようになり、ようやく謎の帝王学の講義は終わった。

ぐったりしつつもどこか満足そうな表情のリリは、ふと顔を上げて言った。

「そういえば、イリアお姉さんはどうして治癒魔法を習いたいんですか？」

「あ、私ですか。それは……その、実は私……治癒師になりたくて」

「……」

周囲の視線を感じ取り、イリアは首をひっこめた。

「あ、す、すいません。おかしいですよね、私なんかがそんな夢……」

「全然おかしくないぞ。どんな奴だって夢を持ってもいい。俺の先生はそう教えてくれたよ」

ゼノスはイリアをまっすぐ見て言った。

「……素敵な、先生ですね」

「まあ、素敵じゃないところも色々あったけどな」

「わ、私、子供の頃に大きな病気をしまして、治癒師の先生に助けてもらったことがあるんです。その振る舞いがすごくかっこよくて……」

イリアは目を輝かせて言った。

ただ、当時は父親が貴族になったばかりの時期で挨拶回りに忙しく、治癒師になりたいという希望を口に出すことはできなかったという。半ば諦めかけていたところに、治癒師が担任としてやってくることになり、最後のチャンスとばかりに治癒魔法の講義を頼むことにしたのだと。

頬杖をついたシャルロッテが、横目でイリアを眺める。

「ふぅん、気弱な癖に講義の依頼はできた訳ね」

「わ、私もそんなこと頼めるとは思ってなかったです……でも、ゼノ先生は、今までの先生みたいに高圧的じゃなかったから……」

「ふぅん。ちなみに私の夢は、私に相応しい男を見つけて、結婚式で一緒に踊ることね」

「はいはい」

「って、ちょっと聞きなさいよ。担任っ」

「あ、そういえば――」

イリアが思い出したように手を合わせ、恐縮した様子で口を開いた。

「シャルロッテ様には許婚がいるという噂を聞いたことがあるんですけど……あれは、その、本当なんでしょうか？」

「んー？　別に、正式なものじゃないわよ。子供の頃に親同士が酔って勝手に言った話」

「えっ、誰が相手なんですかっ」

わくわく顔で尋ねたリリに、シャルロッテは面白くなさそうに答えた。

「……アルバート・ベイクラッド。今のレーデルシア学園の学園長よ」

＋＋＋

その後は、約束通り治癒魔法の個人授業の時間になった。

今日もまずは魔力を出力する訓練を行う。身体の中の魔力の流れを意識して、手の平や指先などの出力しやすい部位へと集めていく。

「うん、そうだ。魔力を出すことを意識しすぎると、あちこちから垂れ流しになってすぐに消耗する。一か所に貯めてから放つイメージだ」

「は、はいっ」

額に汗を滲(にじ)ませながら、イリアは真剣な表情で頷いた。

後半には少しずつではあるが、魔力の流れを制御できるようになってきた。

「うん、悪くないぞ。魔法ってのは大きく三つの要素からできてるんだ。一つは魔力の量、もう一つは制御、最後は質」

師匠の教えを思い出しながら、ゼノスは言った。

このうち量は生まれつきの要素が強く、制御は訓練で向上できる。質は訓練でも伸びるが、才能や適性の影響も大きいと聞いた。杖や魔法陣、詠唱などはこれらどれかの要素を増幅させるためのものだ。

「慣れないうちは力ある言葉を使ったほうがやりやすいぞ」

「慣れないうち……？　あの、そもそも詠唱は必須じゃないんですか？」

「……え、そうなの？」

「そうなのって……そ、そういえば先生は無詠唱で魔法使ってましたね。よく考えたらそんなの聞いたことがない……」

「この、非常識めが」

壁に立てかけた杖から圧を感じたので、ゼノスはごほんと咳払(せきばら)いをした。

「ま……とりあえず詠唱でやろうか」

「は、はい。《治癒(ヒール)》！」

イリアの力ある言葉とともに、手の平の淡い光が、小さく瞬いて空間に散った。

「せ、先生っ。な、なにか出ましたっ」

「うん、それが治癒魔法だ」

と言っても、今の出力だと小さな擦(す)り傷(きず)をやっと治せるかどうかのレベルではある。

「よくわからないけど、それなら薬草でも使ったほうが早いんじゃない？」

シャルロッテの素朴な疑問に、イリアは肩を落とした。

「あうぅ、で、ですよね……」

「いや、普通にすごいですよ、イリアお姉さん」

魔法を知っているリリからすると、短期間でここまでできるのは大したことらしい。

「魔力の流れをもっと意識するといいぞ。指先まで持ってくる感覚と、放出する感覚は違うから注意するんだ」

「は、はい、やってみます」

そうやって、今日の訓練も無事に終わった。

「ありがとうございました、先生」

「おう、また明日な、イリア」

「イリアお姉さんのおかげでリリは今日も賢くなりました」

「そ、それはよかったです」

ぺこぺこと頭を下げるイリアの隣で、シャルロッテが栗色の髪を手の甲で払った。

「じゃ、私も帰るけど、明日は違う紅茶を用意しといてくれる？　別のも飲んでみたいわ」

「は、はい……」

「お、おぅ……」

どうやら明日も来るつもりのようだ。

寮を出たシャルロッテは、足元のおぼつかないイリアの背中をつついた。

「ひゃっ」

「ほら、背中が曲がってるわ。淑女たるもの背筋を伸ばして歩きなさい」

「す、すいません、ちょっと疲れて……」

そんな二人を離れたところで眺めている集団があった。

下級貴族が属するEクラスの面々だ。彼らの棘を含んだ視線がイリアに向けられる。

「イリアの奴、最近調子に乗ってんじゃねえか？」

「フェンネル家のご令嬢が、なんであんな奴に目をかけるんだよ」

「うまく取り入ったのよ。市民上がりの貴族は浅ましいわね」

厳密な階級に支配されたこの国において、七大貴族は王族に次ぐ権力者である。見下していた相手が最高権力者の一角と近しくしているなど許されることではない。

そのうち一人が、にやりと口の端を持ち上げて言った。

「ね、あいつ、ちょっと脅かしてやりましょうよ」

+++

翌日の放課後も二人の女生徒がやってきたが、イリアは妙に浮かない表情をしている。

治癒魔法の訓練もどこか注意散漫で、魔力の流れが一向に安定しない。

「どうしたんだ、イリア。今日は調子が悪いな」

「あ、すいません。あの……ちょっとお手洗い借りてもいいですか？」

イリアはおどおどした様子で答えて、トイレのほうへ消えていった。

その姿を眺めたリリが心配そうに言う。

「なんだか今日はイリアお姉さんの様子が変」

「そうだな……」

魔力の発動量というより制御に難がある。おそらく身体ではなく気持ちの問題だ。

ゼノスは腕を組んで振り返った。

「お前は何か知ってるか、シャルロッテ？」

ダイニングテーブルで紅茶を飲んでいるシャルロッテは、軽く首を傾げる。

「さあ……なんかロッカーで何かを見ながらぶつぶつ言ってた気がするけど」

「ロッカー？　どういうことだ？」

「そこまでは知らないわよ」

シャルロッテは片肘をつき、空になった紅茶カップを持ち上げた。

「それより、この新しい紅茶おかわりもらえる？　これも悪くないわ」

「あ、はい、あっ」

リリが紅茶ポットを取りに行こうとした時、壁際に立てかけてあったイリアの鞄に足をひっかけて、前につんのめってしまう。転倒には至らなかったが、代わりにイリアの鞄の中身が床に飛び出した。

「いけない」

慌てて戻そうとするリリ。その際ノートや筆箱と一緒に鞄から飛び出した一枚の便箋が、シャルロッテの足元にふわりと飛んでいく。

「ん、これ何？」

摘みあげたシャルロッテが、目を細めて文面を読み上げた。

――教科書の隠し場所を教えて欲しければ、夜十二の刻に旧第三校舎の裏庭に一人で来られたし。

この手紙のことを他言した場合は、教科書は戻らないものと思え。

「なんだ、恋文かと思ったら脅迫文の類いね。じゃ、いいわ」

「いや、待て待て。よくないだろ」

ゼノスは思わず突っ込む。シャルロッテから便箋を受け取ったリリが、不安げに言った。

「もしかしてイリアお姉さんの様子がおかしいのってこれが原因なのかな？」

おそらくこの手紙が今日イリアのロッカーに入っていたのだろう。

一体どこの誰の仕業だろうか。以前、裏庭でイリアを嘲笑していた集団が思い浮かぶが、証拠がある訳ではない。参考になるのは筆跡くらいだが、貴族であれば執事やお手伝いに書かせることもできるだろう。

シャルロッテは特に気にする様子もなく、おかわりの紅茶に口をつけた。

「別に無視すればいいだけでしょ。たかが教科書程度でこんな変な誘いに乗るほど、あの娘も馬鹿じゃないでしょうし」

「だったらいいが……」

いずれにせよイリア本人から相談があった訳でもないので、ひとまず便箋は元に戻しておく。

トイレから戻ってきたイリアの顔色は相変わらず優れない。

「すいません、お待たせしました」

この日は結局魔力の流れが安定せず、そのまま解散になった。

夜。時計の針が十二の刻を告げる少し前。

寮の寝室で、ゼノスはおもむろに身を起こした。身支度を素早く整えていたら、リリが寝室から顔を出す。

「あ、すまん、起こしたか?」

「ううん、私もイリアお姉さんのことが気になってあんまり眠れなかったから」

リリは眉の端を下げて言った。

「様子を見に行くの？」

「一応担任だからな」

「でも、手紙には他言禁止って書いてあったよね。誰かに言ったら教科書は返ってこないって。だから、イリアお姉さん相談してこなかったんじゃないかな。大丈夫？」

「ん？　手紙の件なんて知らないぞ。俺はただ教頭に言いつけられた校内の見回りをするだけだ。もしかしたらパトロールの一環として旧第三校舎にも立ち寄るかもしれないが」

　リリはぷっと噴き出す。

「気をつけてね、ゼノス」

「ああ、遅くならないようにするよ」

　ゼノスは黒い外套を羽織って、闇に消えていった。

　残されたリリは、しばらく玄関ドアを見つめていたが、やがてふと気づいたように辺りに首を巡らせた。

「あれ？　そういえばカーミラさん、どこ？」

＋＋＋

　その頃、旧第三校舎の裏庭では、生い茂る藪の後ろに、Ｅクラスの生徒が五名ほど身を寄せ合っていた。使い古された光の魔石による頼りない光源がまばらにあるだけで、辺りは暗闇と静寂に包まれている。

「イリアの奴、来やがったぜ」

一人の生徒が言った。

視界の先には、両手を擦り合わせながら、不安げに周囲を見回すイリアの姿がある。

「はっ、本当に来るとはな」

「市民上がりはせこいからな。一冊の教科書も大事なんだよ」

「で、どうするのよ」

女生徒の声に、リーダー格の男子生徒がにやりと口角を上げて言った。

「旧第三校舎の裏庭の端に、猟犬の墓があるのを知ってるだろ」

レーデルシア学園では、貴族のたしなみでもある狩りの授業がある。その時に使う猟犬や猛禽類を学園が飼育しているのだが、ここには老いて生を終えた猟犬の墓地があった。

男子生徒は、懐から鈍く光る銀色の小さな笛を取り出す。

「こいつはうちの奉公人が牧場で使ってた笛でな。吹き方次第で色んな犬の鳴き声を出せる。これを吹いてびびらせるんだよ」

「うふふ、なるほどね。こんな深夜に、猟犬の墓地で犬の声が響いたらたまげちゃうわね」

「きっと泣きながら、逃げ惑うだろうな」

「それをこいつで激写するって訳だ」

別の生徒が、小型の魔導映写機を鞄から取り出す。

生徒たちは顔を見合わせ、楽しそうに含み笑いをした。

次の瞬間、一人の生徒が顔を上げた。

「ん……？」

「どうした？」

「いや……今あっちの木の陰から、黒い服を着た女がにやにやしてこっちを見てたような……」

不安げな表情を浮かべる生徒に、他の生徒が口々に文句を言う。

「やだ、変なこと言わないでよ」

「そうだぞ、何もいねぇじゃねえか」

「そ、そうだよな……悪い、俺の見間違いだよな」

生徒は自身の腕をさすりながら、ぶるっと震えた。

「ちょ、ちょっと俺、気味悪くなってきた。さっさとやって帰ろうぜ」

「ちっ、臆病者が。わかったよ」

リーダー格の生徒が舌打ちをして、笛を咥えると――

「ぐるるるうぅっ！」

低い唸り声が周囲に響き渡り、視界の先にいるイリアがびくっと肩を震わせた。

「あはは、びびってるわ。もっとやりましょうよ」

女生徒が喜色を浮かべて言うと、リーダー格の男が眉をひそめて笛を口から離した。

「どうしたのよ……？」

「い、いや……俺まだ笛を吹いてねえぞ。っていうか、あんな音出ねえし」

「……」

一同は無言で、互いの顔を眺める。

次の瞬間――

「ぐるるるうっ！」

「ごるあぁっ！」

繁みをかき分ける音とともに、背後から獰猛な唸り声が迫ってきた。反射的に振り向いた生徒たちは、五匹の犬がよだれを垂らしながら駆け寄ってくるのを目撃する。薄闇ではっきりとは認識できないが、それはただの犬ではなかった。

眼球は落ち零れ、皮膚は赤黒くただれ、骨や内臓が露出している。

ヘルドッグ――犬のゾンビだ。

「ぎゃあああああああっ！」

靴に噛みつかれ、リーダー格の男子生徒は大声を上げた。裸足になって藪から飛び出し、他の生徒たちも我先にと犬のゾンビから逃げる。

藪から突然飛び出てきた元クラスメイトの姿を見て、イリアは目を丸くした。

「え？　え、え？」

「た、助けてくれえぇぇぇっ！」

生徒たちはイリアのもとに転がるように駆けてくる。五匹のヘルドッグたちは生徒たちとイリアの周囲を、まるで獲物を品定めするように、ゆっくりと円を描くように回り始めた。

「な、なんでこんなところに犬のゾンビがっ」

「お前、生贄(いけにえ)になれよっ」

「ば、馬鹿っ、お前がなれっ」

「ママぁ、助けてぇっ！」

半泣きの生徒たちに五匹のヘルドッグが同時に襲い掛かった。

「がるるるっ！」

「うわああああああっ！」

生徒たちの悲鳴が夜空に鳴り渡った瞬間——

「《高位治癒(ハイ・ヒール)》！」

男の声が裏庭に響いて、生徒たちの前を白い熱風が通り過ぎる。

それは、聖なる属性を帯びた癒(いや)しの風だ。

光の粒が残照のように瞬いた後には、ゾンビの姿は綺麗(きれい)になくなっていた。

「え……？」

「た、助かった……？」

腰を抜かしたまま茫然(ぼうぜん)と呟く生徒たちに、夜と同じ色の外套をまとった男が近づいてくる。

「ヘルドッグか。一体何が起こったんだ？」

「ゼ、ゼノ先生っ」

イリアが担任の姿を認めて驚いた顔で言った。

「ど、どうしてここに？」

「ん？　ええと、深夜の見回りだ」

ゼノスは後頭部に手をやりつつ、へたりこんだＥクラスの生徒たちに目を向ける。

「で、お前たちはここで何をしてるんだ？」

Ｅクラスの生徒たちは露骨にゼノスから顔を逸らした。

「べ、別に何でもねえよ。ちょっと仲間で集まってただけだ」

「こんな時間に、こんな場所でか？」

「う、うるせえな。あんたＦクラスの担任だろ。用事が済んだならさっさと帰れよ」

ゼノスはぽりぽりと頭をかく。

「そうか……ちなみにあそこにもう一匹いるんだけど、用事が済んだから帰るわ」

「は？」

ゼノスの指さした先には、こちらを警戒するようにゆっくりと近づいてくるヘルドッグの姿があった。

「ちょ、ちょちょちょっと待てっ。助けろよっ」

慌てて引き留める生徒たちに、ゼノスは素っ気なく答える。

「でも、帰れって言われたしな。もう眠いし」

「ふ、ふざけんなっ。大事な生徒が襲われるかもしれないんだぞっ」

「ちなみに俺以外にも治癒魔法を使える奴がここにいるぞ。助けて欲しかったら、こいつにお願いしてみたらどうだ」

ゼノスはぽんとイリアの肩を叩く。

「ええっ、私ですか？」

驚いて自らを指さすイリアを、Ｅクラスの生徒が更に驚いた顔で見つめた。

「イ、イリアが……？」

「ああ。急がないとヘルドッグがやってくるが」

「わ、わかった。た、頼むっ。イリア助けてくれっ」

「お、お願いっ。今までのことは謝るからっ」

何人かの生徒がイリアに手を合わせて懇願する。

そうしているうちに、ヘルドッグはもう数メートル先まで近づいてきていた。まばらに生えた牙の隙間から、へどろのような粘液がぼたぼたと零れ落ちている。

イリアは青い顔でわずかに後ずさった。

「ゼ、ゼノ先生、私っ……」

「大丈夫だ。やり方は教えたはずだ」

「で、でもっ……」

「お前ならできるよ。なりたいんだろ、治癒師に」

唇を震わせるイリアに、ゼノスは穏やかに笑いかける。

師匠がいつもやっていたように。

「……」

イリアは唇を引き結び、ゆっくりと頷いた。両手を前にかざし、精神を集中させる。

「がるるうっ！」

申し合わせたように、ヘルドッグが勢いよく襲い掛かってきて――

「《治癒(ヒール)》！」

イリアの詠唱とともに、その手の平から白い光が溢(あふ)れ出した。正面から治癒魔法を浴びたヘルドッグが「ぎゃうっ！」と悲鳴を上げて飛び下がる。

続けて二度の治癒魔法がイリアの手から放たれ、ヘルドッグは塵(ちり)となって浄化された。

「で……できた……」

荒く息を吐いたイリアは信じられないように自身の両手を見つめる。

「た、助かったの……？」

「や、やるじゃねえか、イリア」

数人の生徒から賞賛の言葉を浴び、イリアは戸惑った表情を浮かべた。そして、ふと思い出したように一枚の便箋を取り出し、元クラスメイトの前にかざす。

「あ、あの、教科書の隠し場所、教えて欲しいんですけど」

「……」

何人かが顔を見合わせ、口を開こうとしたところ、リーダー格の男子生徒が横柄(おうへい)に答えた。

「おい、言うなよ、お前ら。なんで市民上がりなんかの言うことを聞かなきゃいけねえんだ」

俯きかけたイリアは、しかし、無理やり顔を上げ、胸に手を当てて何かをぶつぶつと呟いた。

「私は……素晴らしい……私は素晴らしい……」

そして、男子生徒を上から睥睨し、冷えた口調で言った。

「別に構いませんけど、踵を怪我してませんか？」

「だ、だからなんだよ」

「早く私が治さないと膿んでゾンビ化するかもしれませんね」

「ひっ」

「それに……よく見たら、股間が濡れてませんか？　怖くて漏らしちゃったんですね。明日みんなに教えてあげましょう」

「こ、これはっ、ち、ちげえよっ」

他の生徒から一斉に視線を浴び、男子生徒は泣きそうになってわめく。

イリアは生徒の前に腰を落として、にこりと笑った。

「教科書の隠し場所、教えてくれますね？」

結局、隠し場所を吐いた元クラスメイトたちは、ほうほうの体で旧校舎から逃げ出した。

その場に立ちすくむイリアに、ゼノスが優しく声をかける。

「ヘルドッグが現れたのは驚いたが、なかなかやるじゃないか。危なかったら手助けするつもりだったが、練習の時よりよかったぞ。お前は実戦向きかもしれないな」

しかも、シャルロッテの謎の帝王学が意外なところで役に立った。

「い、いえ、先生のおかげで……もしかして、手紙のこと知ってたんですか？」

「さあ、何の話だ？」

とぼけると、イリアは突然すとんとその場に座り込んだ。

「おい、どうした？　大丈夫か？」

近づいて尋ねると、イリアは半分泣いて半分笑ったような顔でゼノスを見上げる。

「い、今さら腰が抜けました」

＋＋＋

深夜の校舎に、二人分の足音が静かに響く。

「それにしても倉庫とはな」

ランプを手にしたゼノスは声を落として言った。

Ｅクラスの生徒から聞き出した教科書の隠し場所は、倉庫の端の棚だった。その倉庫はＦクラスのすぐ裏にある。正確に言うとＦクラスは元々倉庫の一部だったらしい。

「あの、先生についてきて頂かなくても……」

隣のイリアが恐縮した様子で口を開いた。

「ま、深夜だしな。さすがに一人で行かせる訳にはいかないだろ」

隠し場所を知ったイリアが今日にでも取りに行きたいと言うので、同行することにした。

「ただ、シャルロッテじゃないけど、貴族なら新しい教科書くらいは手に入るだろ。なんでそこまでこだわるんだ」

「他の教科書は諦めがつくんですけど、あの教科書はとても大事なもので……」

イリアは手を擦り合わせながら答える。

夜の学校はどことなく不気味な雰囲気が漂っているが、通い慣れているFクラスのそばということもあり、それほど怖がってはいない様子だ。後は本当に倉庫に教科書があるのかだが、嘘をつけば漏らしたことを言いふらされるかもしれない。体面にこだわる貴族はそういう思考だ。おそらく真実だろう。

実際、埃だらけの倉庫の棚を漁ると、教科書が一冊見つかった。

「あった……！」

イリアはほっとした顔で、その教科書を胸に抱く。

「よかったな。もう盗られるなよ」

「はい。大事に保管しておきます」

イリアは嬉しそうに頷いた。

「ちなみに何の教科書なんだ？」

「あ、治癒魔法学の基礎の教科書でして……」

渡された教科書は表紙が色あせている。随分と古いもののようだ。

「私、子供の頃に病気をして治癒師の先生に治してもらったことがあるんです」

「前にそう言ってたな。それで治癒師に憧れたんだろ」

「そうなんです。実はこの教科書、その先生にもらったんです。私が将来治癒師になりたいって言ったら、これをやるって。色々書き込んでるから、新しい教科書を買うより勉強になるはずだって」

「へぇ」

何気なくぱらぱらと中をめくり、ゼノスは足を止めた。

「先生……？」

中には注釈のような書き込みがあちこちに残されている。

ゼノスは立ちすくんだまま、その文字を凝視した。

「なあ、イリア。その治癒師はどんな奴だった？」

「冗談好きでなんだか掴みどころのない人でしたけど、治療の時は温かくて優しくてとっても素敵な先生でした。私が治療を怖がったら、面白い魔法陣を見せてくれたりして」

イリアは感慨深そうに教科書を覗き込む。

「でも、私、ずっと先生って呼んでたから、肝心の名前を聞き忘れちゃって。後になって両親に聞いても全然覚えていないんです。王立治療院に問い合わせてもなぜかそんな記録はないって言われて。だから、あの先生との繋がりはもうこの教科書だけで……」

「そうか」

ゼノスは目を閉じて言った。

この筆跡には覚えがあった。

貧民街の孤児院にいた頃、文字を教え、常識を教え、世界のことを教えてくれた人。

そして、治癒魔法を教え、貧民が何者かになることを手助けしてくれた恩人——

「師匠……」

「え、どうしたんですか？」

「いや、なんでもない。いい奴に治療してもらったな。大事にしろよ」

「はいっ」

教科書を受け取ると、イリアは元気よく頷いた。

師匠は蘇生魔法に手を出した代償として、名を知る者に忘れられる呪いにかかった。

しかし、幼かったイリアは名前を聞き忘れたため、今でも師匠のことを覚えていたのだ。

イリアを夜間運行の馬車の停留所まで送った後も、ゼノスはひとけのない路上にしばらく佇んでいた。もしかしたら、イリアが治癒魔法の習得が早いのは、師匠の解説がついた教科書で勉強していたからかもしれない。

師匠が自分に教え、自分がイリアに治癒魔法を教えている。

ゼノスは自身の手の平をまじまじと眺めた。

「受け継がれていくもの、か……」

「くくく……たそがれておるの」

「うお、びっくりした」

突然声がして振り向くと、黒衣をまとった半透明の女がふわふわと浮いている。

「カーミラ……前から言ってるけど、いきなり声かけるのやめてくれない？」

「夜の学校のラブコメ展開を期待して後をつけておったが、貴様、紳士すぎるのではないか？　もっとぐいっといかんか、ぐいっと」

「レイスってこんなに俗っぽい魔物だっけ……？」

三百年も現世で過ごしていると、発想がおじさんになるのだろうか。

ゼノスは腰に手を当て、溜め息をついた。

「というか、ヘルドッグ……あれ、お前だろ」

前にも王立治療院で、カーミラの力に引き寄せられてアンデッドが大量発生したことがあった。

カーミラは開き直ったように笑う。

「くくく……これはわらわの壮大なる学園七不思議計画の一つじゃ。旧第三校舎の夜に響く犬の鳴き声。ちょっと脅かしてやるつもりが、加減を間違えて数匹土から這い出てしもうたが」

「あのなぁ、生徒が大怪我でもしたらどうするつもりだったんだ」

「なんとかする気じゃったが、その前に貴様がなんとかしたからいいじゃろ」

「いや、まあ、そうだが……」

言いながら、カーミラが金属の容器を幾つか持っていることに気づいた。

「それなんだ？」

「いひひひ、これは美術室から拝借したペンキじゃ。これから学園七不思議第二弾、何度消しても朝になると壁に現れる変な落書きをプロデュースしてくるところじゃあ」

「うん、さっさとそれ返して寮に帰れ」

「え～」

「めちゃめちゃ不服そう！」

レイスの不満と、闇ヒーラーの感慨を抱えて、学園の夜はふけていく。

第四章

騎士家系の問題児

翌朝、職員室の末席に座るゼノスに、同僚でDクラス担任のハンクスが声をかけてきた。

「ゼノ先生、なんだか眠そうですね」

「あぁ……昨晩ちょっと遅くて」

欠伸をかみ殺して答えると、ハンクスは少し声を落として言う。

「ところで知ってます？　Eクラスの生徒がFクラスの生徒の教科書を隠したことを自首したみたいですよ」

「へぇ」

少し意外だった。

漏らしたことを言いふらされるよりは、罪を告白したほうがましということだろうか。

そんな反応をすると、ハンクスは曖昧に首を横に振った。

「ま、誰かに指摘されるより、自ら告白したほうが落第点は軽くなりますからね」

「落第点？」

「知らないですか？　生徒が学園の理念に反する行為をすると落第点という点数がつくんですよ」

一回の行為につき最低一点、最大十点がつくらしい。

「それで、一年間で落第点が五十点に達すると退学になるんですわ。まあ、実際に退学までいくことは滅多にないですがね」

「逆に言えば、気に食わない生徒に落第点を連発すれば追い出せるってことか？」

「怖いこと言いますね。さすがクラスに宣戦布告をしただけのことはある」

ハンクスはどこかからかうような口調で言った。

「ああ、いや、学園がどういう仕組みで運営されてるのか興味があるだけだ」

「正直乱発してやりたくなる時もありますが、落第点の妥当性は理事会で審議されるので、一応正当な理由は必要ですね」

「なるほどな」

相槌（あいづち）を打ちつつ、ふと気になったことがあった。

「ちなみにうちの生徒は前も教科書を裏庭に捨てられたらしいんだが、それも同じ奴らの仕業（しわざ）なのか？」

「そうですか？　彼らが白状したのは、今回の件だけだと聞いてますけどね」

「ふぅん……」

裏庭に捨てた件はどうせばれないと思ってわざわざ言わなかったのか、それとも彼らとは別にイリアに嫌がらせをした者がいるのだろうか。

ぼんやりとそんなことを考えていたら、教頭のビルセンが険しい顔つきでやってきた。

「ゼノ君、学園長がお呼びだ」

最上階にある学園長室の前で、姿勢を正した教頭が、ドアを控えめにノックする。

「学園長、新任のゼノ先生を連れてきました」

「入りたまえ」

爽やかな声が返ってくる。

レーデルシア学園の学園長であり、七大貴族の筆頭とも言われるベイクラッド家の次期当主。

ここに来た時は不在で会えなかった相手は、果たしてどんな人物なのか。

「失礼します」

恭しく答えて中に入る教頭に続くと、そこは赤絨毯の敷きつめられた広々した部屋だった。格子窓からは緑に囲まれた校庭が一望でき、奥の執務机は三人が横に並んで座れるほど大きなものだ。

「やあ、初めまして」

おもむろに立ち上がったのは、端正な顔立ちをした美しい男だった。

落ち着きと深みのあるダークグレイの髪に、涼しげな目元。背後の窓から射す陽がまるで後光のようにも見える。

ただゆっくりと近づいてくるだけなのに、その所作の一つ一つに匂い立つほどの気品が漂っている。そして、想像していた以上に若い。おそらく二十代だろう。そういえばシャルロッテが許婚と言っていたことを思い出す。

「アルバート・ベイクラッド。ここの学園長をしています」

白い絹の手袋をつけた右手が差し出される。

ゼノスはそれを軽く握り返した。

「どうも、ゼノ、です」

相手はにこりと笑うと、優雅に踵を返して執務机に戻った。

「授業前に呼び出して悪かったね。特に用事があるという訳じゃないんだけど、出張で会えなかったから、一度は顔を見ておこうと思ってね」

学園長は穏やかな声色で言う。

「学園には慣れたかい？　いきなりFクラスを任せてしまったけど大丈夫かな？」

「まあ、今のところは」

「ほう、頼もしいね」

ベイクラッド家の次期当主は感心したように頷く。

「彼らは元々DクラスとEクラスにいたんだけど、なかなか難しい生徒たちでね。そこで彼らを一つに集めてしっかり教育をする必要があると思ったんだ。それがきっと彼らのためにもなると考えたんだけど……」

そう言った後、わずかに溜め息をつく。

「ところがこれまで四人の担任がみんな匙を投げてしまって、困っていたところでね。君が来てくれて本当に助かったよ。フェンネル卿の推薦なら間違いないだろうしね」

学園長は一点の曇りもない爽やかな笑顔を向けてくる。

「くれぐれも彼らを頼むよ。ゼノ君」

顔合わせはそれで終わったようなので、ゼノスは首を縦に振って部屋を出ることにした。

廊下を教室に向かって歩きながら、一度学園長室を振り返る。

レーデルシア学園の学園長にして七大貴族筆頭家の次期当主アルバート・ベイクラッド。

貴族の頂点に君臨しながら、少しも嫌味を感じさせない態度と物言い。

それは余裕から来るものか、
真に誠実な人物なのか、
それとも――

学園長室の中では、教頭のビンゼルが、閉じたドアを睨んで不服そうに言った。

「しかし、本当にいいのですか、学園長？　あんな得体の知れない男を由緒ある我が学園に招き入れるなど」

「許嫁の父の頼みだしね。我がベイクラッド家としても同じ七大貴族と揉めるのは得策ではない。フェンネル卿の寄付金額を考えれば、断るという選択肢はないと思うよ。それにうまくやってるみたいじゃないか、彼。物怖じしない態度も気に入ったよ」

学園長は美しく整備された校庭に目をやり、優雅な笑みを浮かべる。

「期待しようじゃないか。彼がしっかりと自らの役割を果たしてくれるようにね」

＋＋＋

その頃、Ｆクラスの教室では、イリアの机の周りに生徒たちが集まっていた。

「Ｅクラスの奴らがお前の教科書隠してたんだって？」

「は、はい。でも、無事に返ってきたので大丈夫です」

「なんか妙にお前にびびってたみたいだけど何があったんだよ」

「あ、い、いえ、別に……」

ふるふると首を振るイリアを、褐色の短髪をした大柄な男子生徒――ライアンが見下ろす。

「そんなことよりお前どういうつもりだ」

「ええと、あの……」

ライアンは威圧感をまとわせてイリアに凄んだ。

「ゼノって教師と随分仲良くやってるみたいじゃねえか。今までの担任がどんな奴らだったか忘れた訳じゃねえだろ」

「そ、それは……」

口ごもるイリアを、深紅の髪の女生徒――エレノアが冷ややかに見つめている。

困り顔のイリアは、助けを求めるように奥の席に目を向けたが、シャルロッテはまだ教室に来ていない。クラスメイトの刺すような視線を浴びたイリアは、俯いて黙り込むが、やがて唇を噛んで顔を上げた。

「で、でも、ゼノ先生は、今までの先生とは違うと思います」

「あぁ？」

「市民上がりの私にも変わらず接してくれますし、やりたいことをちゃんと応援してくれて」

「おいおい、すっかり手懐けられてるじゃねえか」

「ねえ、そこどいてくれない？　通れないわ」

教室に来たシャルロッテが、いつの間にかイリアのそばに立っている。

Ｆクラスの生徒たちが無言で道を空けると、ライアンは軽く舌打ちをしてイリアを指さした。

「どうせあの担任も少し脅せば逃げ出す腰抜けだ。俺があいつを試してやるよ」

＋＋＋

翌日の午後。Ｆクラスを率いたゼノスの姿が校庭の端にあった。

剣術の授業が自習になり、監督役として立ち会うことになったのだ。

「とりあえず体操してから、型に合わせて素振りをしておくように」

担当教諭から言付かった内容を生徒たちに伝える。剣術の授業と言っても、貴族の子弟が相手になるため、あくまで形式的なものではある。一部には貴族でありながら冒険者になるような変わり者もいるらしいが、基本的に命のやり取りとは無縁な者たちだ。

「さて、と」

運動着に着替えた生徒たちが緩い雰囲気で体操しているのを、ゼノスはベンチに腰を下ろして横目で眺めた。監督役という立場のおかげで、今日は教頭の雑務からも逃れることができている。せっかくの機会なので少しでも学んでおこうと持ってきた社会学の教科書を開いた。

「ふぅん……」

大陸の地理や、ハーゼス王国の政治制度などがわかりやすくまとめられている。

この国を特徴づけている王族を頂点とした身分制についても触れられているが、少し気になることもあった。

貧民に関する記述がほとんどないのだ。

正式な国民として認められていないため仕方がないのかもしれないが、少ない文章で書かれているのは、移民や犯罪者、建国時の少数民族の子孫が貧民扱いになったこと。最下層民を作ることで市民の政治への不満を逸(そ)らす目的もあること。現在は貧民の男たちがわずかな報酬で国境警備に駆り出されていることなどだ。

「階級、か……」

教科書を手に呟(つぶや)くと、ふいに陽光が遮(さえぎ)られ、眺めていた紙面が陰った。

目の前に大柄な男子生徒が仁王立ちになっている。

「ライアンか、どうしたんだ？」

顔を上げて尋ねると、ライアンはにやりと笑って言った。

「先生よぉ。素振りだけやってても、俺ぁ退屈で仕方ねえよ」

「そうか。じゃあ裏門の外壁の塗装でもやるか？　一部色が剥げ落ちてるんだ」

「なんで俺がそんなことしなきゃなんねえんだよっ」

いずれ教頭に押し付けられるであろう雑務をさりげなく振ろうとしたが、あっさり断られる。

「ならどうしたいんだ？」

「剣術の相手をしてくれよ」

ライアンの申し出に、ゼノスは二、三度瞬きをした。

「俺はただの治癒魔法学の教師だぞ」

「今は剣術の授業の代理教師だろ。生徒が真面目に取り組みたいって言ってんのに無視すんのか」

「無視って訳じゃないが……」

「それに、あんた前に挑戦は受けるから全力でかかってこいって言っただろ」

「お、おぅ、そういえば」

「あ、あの、ライアン君。ゼノ先生はそんな——」

「お前は黙ってろ、イリア。立ち合い稽古も授業の一環だろ。何か問題があるか？」

止めようと声を上げたイリアを、ライアンは横目で睨みつける。

ゼノスは教科書を閉じてゆっくり立ち上がった。

あまり気は乗らないが、意欲がないと教頭に報告されるのも具合が悪い。学園長にもFクラスをくれぐれも頼むと言われたばかりなのだ。それに確かに、教師のことがよくわかっていなかったとはいえ、赴任初日に生徒のどんな挑戦も受けると言ってしまっていた。

ライアンから木刀を受け取りながら他の生徒に目をやると、何人かがこっちを見て、にやついた顔でひそひそと何かを話している。

「……」

ゼノスはゆったりした足取りで、ライアンの前に立った。

「俺は前衛じゃないからな。あまり期待はするなよ」

「何言ってんだ？」

周囲の視線を浴びる中、ライアンは木刀を大上段に構える。

「もし何かがあっても授業中の事故ってことだから勘弁しろよ」

「何かって、何があるんだ？」

「おらぁっ！」

風が唸り、先端が勢いよく振り下ろされた。

体をひねり、それを半身でかわす。

「ちっ」

ライアンは舌打ちをして、木刀を横に振るった。

次は軽く後ろに跳ぶ。紙一重で先端は空を切った。

「くそっ、ちょこまかと」

続いて繰り出された突きを、今度は木刀を斜めに傾けて受け流す。

冒険者パーティにいた時に、アストンに散々剣の練習という名目でしごきを受けたのが意外に役に立っている。あいつは腐ってもゴールドクラスのパーティの剣士だ。

「て、てめえ、なんなんだよっ」

「治癒魔法学の教師だよ」

斜め上から迫る木刀を、腰を落として避けながら、ゼノスは目の前の生徒を観察する。

剣術についてはは詳しくないが、ライアンの剣さばきは決して悪くない気がする。

力の入れどころ、抜きどころがはっきりしており、動きも滑らかだ。

能力強化魔法で動体視力と敏捷性を強化しているため、木刀が当たることはないだろうが、他の生徒とは明らかに一線を画している。

結局、授業終了のチャイムが鳴るまで、ライアンとの立ち合い稽古は続いた。

ライアンは荒く息を吐いて、憎々しげに睨んでくる。

「く、くそっ、ど、どうして当たらねえ……」

「頑張って避けてるからな」

「逃げてばっかりいるんじゃねえよっ」

「……そうか、確かにそれじゃ練習にならないかもな」

ゼノスは目を細め、木刀を握りなおす。ライアンは木刀を再び大上段に構え、勢いよく振り下ろしてきた。

「うおおりゃっ！」

木刀の軌道を見極め、わずかに身体を逸らして右手を前に差し出す。

「ごへえええっ！」

「あ、しまった」

寸止めするつもりが、ライアンの踏み込みが予想より速く、木刀の先端で額を突いてしまう。

ライアンは盛大にひっくり返り、額を押さえて呻いた。

「ごへっ。て、てめえっ。お、俺にこんな真似をして」

「いや、逃げるなって言ったのお前だろ」

ゼノスは息を吐いて、ぽりぽりと頬を掻いた。

「それに大丈夫だ。傷はもう治してある」

「あ……？」

ライアンは一瞬動きを止め、不思議そうに何度か額を押さえた。そこにはわずかな打撲痕も残っていない。

「担任が生徒に手を出したという証拠はないぞ。ないからな」

「て、てめえっ」

「ほら、もう授業は終わりだ。さっさと教室に戻れ」

「ゼノ先生、すごい……！」

「ふん、この私がちょっとだけ見込んだ男なんだから、これくらいは当然でしょ」

イリアが感嘆の息を漏らし、シャルロッテが不敵に笑う。

一方で、他の生徒たちは冷ややかな視線をライアンに向けていた。

エレノアが去り際に、ぼそりとライアンの耳元で呟く。

「期待外れ」

「くっ……」

生徒たちがぞろぞろと教室に引き上げる中、一人残されたライアンは固めた拳で地面を思い切り殴りつけた。

「なんなんだよ、あの教師はっ……」

＋＋＋

夜の帳が降り、市民の集う街区の繁華街では色とりどりの街灯が蠱惑的な光を放っていた。酒場や見世物小屋が立ち並ぶ通りにはカードゲームや玉突き遊び、簡単な賭け事のできる遊技場がある。

アルコールと煙草の匂いが立ち込める店内の一角で、ライアンは苦々しい顔で足を組んだ。

「くそ……あの野郎」

悪態をつきながら、炭酸水を喉に流し込んでいると、長髪の若い男がそばにやってきた。

右腕に蛇が絡みついたような刺青があり、大勢の取り巻きを引き連れている。

「おいおい、どうした。随分と荒れてんじゃねえか、ライアン」

「……グルドか。別に何でもねえよ」

グルド、と呼ばれた男は、半分笑ったような顔でライアンの隣に座る。

そして、右腕をおもむろにライアンの肩にまわした。

「話してみろよ。仲間だろ」

「大したことじゃねえよ」

「遠慮すんなって。お前がご機嫌じゃねえと、俺も楽しくねえだろ」

グルドは少し真顔になって言った。

「俺らみたいな不良市民と付き合ってくれる貴族はお前くらいだ。困ったことがあったら何でも言ってくれ。お前の役に立ちたいんだよ」

「……」

ライアンはグルドとその取り巻きを眺める。

しばらく黙った後、ぼそりと言った。

「……うぜぇ教師がいるんだよ」

「教師？　ああ、そうか。お前はいいとこの学校に通ってんだよな。すぐに学校を追い出された俺らとはえらい違いだ」

「別に行きたくて行ってる訳じゃねえ」

「わかってるよ。貴族ってのは体面が重要なんだろ。経歴の傷は家の恥になる。優秀な兄貴の足を引っ張る訳にはいかねえよな」

「……おい」

「冗談だよ。そんな怖い顔すんなって」

グルドは肩をすくめると、琥珀色の液体が注がれたグラスを持ち上げた。美味そうに喉を鳴らして飲むと、口の端を拭ってライアンに顔を近づける。

「なあ、俺らが代わりにその教師に世の中の厳しさってやつを教えてやろうか？」

「お前らの手を借りるまでもねえ」

「まあ、聞けよ。お前は立場もあるから、あまり無茶もできねえだろ。その点、俺らはなんだってありだ。勿論、仲間であるお前の名前を出すことなんてねえし」

「……」

押し黙るライアンに、グルドは囁くように言った。

「ろくな教師がいねえって前にも言ってたよな。わかるぜ。教師ってのは、すぐに俺らのことをクズ扱いしやがる。そういう奴には思い知らせてやらねえとな」

無言のままのライアンをじっと見つめ、グルドは口の端を持ち上げる。

「その代わり、うまくいったら駄賃ははずんでくれよ」

＋＋＋

翌日の放課後。寮の部屋には、いつものようにイリアとシャルロッテの姿があった。

「ライアン君、ですか？」

基礎教育の勉強が一段落した後、ゼノスはライアンのことをイリアに尋ねてみた。

他の生徒に比べて、剣の扱いにやけに手慣れている印象があったからだ。

「それはそうだと思いますよ。確かライアン君は騎士の家系だと聞いたことがあります」

「へぇ」

ハーゼス王国の王族は興国の祖の子孫。

そして、貴族は彼を支えた建国の立役者たちの子孫だとされている。

その中には、軍略家もいれば、騎士もいれば、魔導士もいたようで、貴族となった今も元々の出自が家風に大なり小なり影響を与えているようだ。

「なので、小さい頃から剣術の稽古を受けてきたみたいです」

「なるほどな……」

ゼノスは腕を組んでゆっくりと頷いた。

「だから、剣術の授業中に立ち会い稽古を挑んできた訳か」

「いえ……あの、普段の剣術の授業ではそんなことはないんです。自習になって担任の先生が監督を務める時にああやって……」

「そうなのか？　なんで？」

実のある稽古をしたいなら剣術の専門家を相手にしたほうがいいだろう。

すると、イリアは言いにくそうに口を開いた。

「その……Ｆクラスは問題を抱えている生徒が多くて、あまり担任の先生からいい扱いを受けたことがないんです。だから、反抗しがちというか……」

「要は駄々をこねてるってことでしょ？　ガキってことよ」

テーブルで紅茶を飲んでいるシャルロッテが一刀両断する。

「そ、そうかもしれませんが……」

「ま、仕方ないけどね。誰しもが私のような完璧（かんぺき）な家柄と完璧な美貌（びぼう）を備えている訳ではないでしょうし」

胸に手を当て自信満々に言うシャルロッテを見て、ゼノスは無表情で頷く。

「うん、そうだな」

「ちょっと、軽く流さないでよ」

なんだかこのやり取りも段々と板についてきた。

ゼノスはイリアに目を向ける。

「ちなみにライアンはどんな問題を抱えてるんだ？」

「私もそんなに詳しい訳じゃないですが……ライアン君にはお兄さんがいて、優秀な人みたいなんです。子供の頃から何かと比較されて、お兄さんばかり優遇されて育ってきたって」

「そういうことか。それで石牢に監禁されたり、十日間飯抜きにされたり、棒でしこたま殴られたりしてきた訳だな」

「さ、さすがにそんなことはないと思いますけど、何の話ですか、それ？」

「いや、なんでもない……」

孤児院での実体験とは言えないので、ゼノスは視線を逸らしてごほんと咳払（せきばら）いをする。

いつもの放課後活動が終わって二人を送り出した後、ゼノスは校舎の裏門へと向かった。

門の周囲で警備を担当する近衛師団員に軽く会釈をして外に出る。

学園をぐるりと囲う外構の塗装が一部剝がれかかっており、予想通り教頭に修繕を命じられたのだ。教頭は貴族上がりではない教師にはこうして雑務を押し付けて嫌がらせをしているようで、Dクラス担任のハンクスも余計な仕事をふられるとぶつくさ言っていた。

学園長が教頭の所業をどこまで把握しているかはわからないが、これだけ素性が怪しい自分に学ぶ機会をくれているのだから、とりあえずは大人しく従っている。

「ま、さっさとやってしまうか」

ゼノスは刷毛をペンキにさしこみ、壁に器用に塗り始めた。孤児院でも冒険者パーティでもあらゆる雑用をやらされたので、一通りのことはできるし、あの時代を思えば教頭のいびりなどあってないようなものだ。

そのまま作業を進めていたら、後ろから声をかけられた。

「なあ、あんたゼノ先生だよな」

「ん？」

振り返ると、レーデルシア学園の制服を着た長髪の男がポケットに手を入れて立っていた。

「そうだけど、何か用か？」

「ちょっと困ったことがあるんだ。助けてくれねえか？」

「困ったこと？」

ゼノスは視線を外構に戻して、作業を再開した。

「今、忙しいんだ。また今度にしてくれ」

「おいおい、生徒が困ってるって言ってるんだ。雑用なんて後でいいだろ」

刷毛を持つ右手を止めて、ゼノスは溜め息をついた。

「何に困ってるんだ？」

「怪我人がいるんだ」

「怪我人……？」

ゼノスは肩をすくめると、刷毛を足下のペンキの缶に置いた。

「仕方ないな。どこにいるんだ？」

「こっちだ」

男の後についていくと、やがて木々の立ち並ぶ小さな林に差し掛かった。そこから更に幾つかの茂みを抜けると、ふいにぽっかりと開けた空間に出る。

そこには十数人の人相の悪い男たちがたむろしていた。ねめつけるような視線が一斉に向けられるが、ゼノスは平然と男たちを見回す。

「で、怪我人はどこだ？」

「くっくくく、今はいねえよ。あんたがこれから怪我人になるんだ」

ゼノスを案内した男が、低い声で笑う。

「先生よぉ。あんたなかなか腕が立つそうじゃねえか。ちょっと俺らと勝負しねえか」

「……」

ゼノスは男を無言で眺めた後、大きく溜め息をついた。

「は～あ、やっぱり嘘か。時間を無駄にした」

「ああん？」

「お前がうちの生徒じゃないのは見た瞬間にわかったよ」

男に言うと、相手はわずかに目を細めた。

「どういうことだ？」

「匂いでわかるんだよ。お前たちみたいな奴は沢山見てきたからな。万が一、怪我人がいたらと思って一応ついて来たが、その必要はなかったみたいだな」

そう言って、くるりと踵を返す。

「どこの誰かは知らんが、俺は帰るぞ。晩飯までに雑用を終わらせておきたいからな」

「おいおい、このまま黙って帰すと思うか？」

男が制服を脱いで肩にかける。その右腕には蛇の刺青がびっしりと彫り込まれていた。

同時にゼノスの進行方向に数人の男たちが立ちふさがった。

「くくく、心配すんな。殺しはしねえよ。学校に当分来られなくなる程度に痛めつけるだけだ。まあ、血の気の多い連中だから、ちょっとやりすぎるかもしれねえがな」

「ふわぁ……」

「って、なんで欠伸してんだよ、てめえ」

「いや、まだ寝不足が後を引いてるな。それに授業って結構頭を使うんだよ」

「やっちまえ！」

男の合図とともに、取り巻きの男たちが襲い掛かってくる。が――

「え？」

「おい、ちょっと」

「あれ、どうなってんだ。なんでっ」

男たちは能力強化魔法で敏捷性を増したゼノスを捉えられない。

右に跳び、左にかわし、男たちの伸ばした手を軽々とかいくぐると、ゼノスは繁みの中を駆け出した。林を飛び出したゼノスは、一度立ち止まって必死に追いすがる男たちを振り返る。

そして、すぅと大きく息を吸い――

「近衛師団の皆さーん、ここに怪しい奴がいるぞぉぉっ！」

「は……？」

虚を突かれたように、男たちの動きが止まった。

ゼノスの大声を聞きつけた学園の警備担当者たちが、裏門からすぐに駆け足でやってくる。

「どうされました、先生」

「ほら、あいつら。見るからに怪しい男たちが学園の治安を乱そうとしてるぞ」

「む、確かに。捕らえろっ」

警備兵たちが、男たちに向かって一斉に駆け出した。

慌てた男たちは、蜘蛛の子を散らすようにこちらに背を向けて逃げていく。

「おお、すごいな。これが権力……！」

「く、くそっ、てめえ、覚えてろっ」

リーダー格の男の捨て台詞が夕闇に空しく響き渡る。

「なんで仕事でもないのに、余計な労力を負わなきゃいけないんだ」

慌てて逃げていく男たちの背中を軽く眺めて、ゼノスは作業に戻ることにした。

塗り残しを潰していきながら、ぼんやりと考える。

そういえば、学園の制服は一体どこで手に入れたのだろうか。

＋＋＋

その日の夜も、ライアンの姿は繁華街の遊技場にあった。

一晩中やむことのない喧噪に身を委ねながら、ぼんやりと考える。

子供の頃から優秀な兄と比較され、落胆され、諦められる日々。

誘われるように立ち寄ったこの場所に通い始めてもうすぐ一年になる。

ここには親も兄もおらず、代わりに仲間がいる。

家に居場所のない自分にとっては、唯一心が休まる場所だ。

勿論、家だけではなく、学校にだって居場所はなかった。特にFクラスになってから現れる教師が、まるで父親と同じような目で自分を見るのが気に食わない。

ゼノという五人目の担任も今までと同じように少し怖がらしてやろうと思ったが、ひらひらとかわされて全く手ごたえがない。腹立ちまぎれに、仲間のグルドの誘いに乗って、昔の制服と特区への一日通行許可証を準備してやったが、グルドはやりすぎるところがあるのが今になって少し気になっていた。

グラスを手に店内を見回したところ、取り巻きを引き連れたグルドの姿を見つけた。

「よぅ、グルド。どうだったんだよ」

「……」

グルドは何も答えず、ゆっくりと近づいてくる。

その暗い瞳にわずかに寒気を覚えた。

「どうだったのか聞いてるだろ」

もう一度尋ねると、グルドはライアンの向かいに腰を下ろして静かに言った。

「俺ぁ……完全に切れたぜ」

「どういうことだ?」

「軽く痛めつけるだけのつもりだったが、気が変わった。坊ちゃん学校の教師ごときが、この俺をコケにしやがって」

ライアンはグルドとその取り巻きを眺め、軽く息を吐く。

「まさか、失敗したのか？　はっ、だから言っただろ。あいつは妙に素早いから――」

最後まで言うことはできなかった。グルドが懐から取り出したナイフを目の前に突き付けてきたからだ。

「心配すんなよ、ライアン。このままじゃ済ませねえ。俺らの世界は舐められたら終わりだからな」

「……」

ライアンはしばし黙った後、刃先を睨みながら口を開いた。

「どうするつもりだよ？」

「俺らは警戒されてるからな、もう学園には近づけねえ」

「だったら――」

「大丈夫だよ。それなら、あいつに出向いてもらえばいいんだ」

「だから、それをどうやって」

「なに、簡単さ」

グルドは右手のナイフをライアンに向けたまま、左手でぱちんと指を鳴らした。

直後、取り巻きたちがライアンに飛び掛かって、その身体を押さえつける。

「なっ、お前らっ……！」

「悪いな、ライアンちゃん。今まで稼がせてくれてありがとうよ。実は俺、貴族ってやつが大嫌いでよ」

「グ、グルド……」

呆然とするライアンを、グルドは冷たい目で眺めて笑った。

「あいつは教師なんだよな？　生徒の身に危険が迫っていたら、誘いに応じるしかねえだろ？」

＋＋＋

翌日の放課後、いつものようにイリアとシャルロッテを伴って、ゼノスは寮へと戻った。

「今日も宜しくお願いします」

「こちらこそ宜しくお願いします、イリア先生！」

常に礼儀正しいイリアに、リリが右手を掲げて挨拶する。

「それじゃあ紅茶をもらえる？」

シャルロッテも普段通りだが、最近は紅茶に合うお茶菓子を持参するようになったので、リリも楽しみにしているようだ。

「今日は王宮御用達の洋菓子店から取り寄せた最高級の材料を使ったチョコレートクッキーよ。庶民が手に入れるには最低でも十年は待つ逸品、有難く頂きなさい」

「イエッサー！」

クッキーの箱をわくわく顔で覗き込んだリリは、敬礼しながら台所に走る。

そんな様子を苦笑しながら眺め、ゼノスはテーブルの上に鞄を置いた。

「あ、そういえば」

そこでふと思い出し、中から一枚の封筒を取り出す。

「ゼノ先生、お手紙ですか？」

「ん？　ああ、昼過ぎに学園に届いたんだが、見るのを忘れてた」

イリアに答えながら、封を破る。

「……」

中身を読んで、ゼノスは動きを止めた。

「どうしたの？」と、リリ。

「ゼノ先生、何が書いてあったんですか？」と、イリア。

「まさか恋文じゃないでしょうね」と、シャルロッテ。

近づいてくる女子たちに、ゼノスは溜め息をついて文面を見せる。

――ライアンの身柄は預かった。無事に返して欲しければ、今夜街区の旧遊技場に来い。なお近衛師団を連れて来たらライアンの命は保証しない。

「ええっ？」

「ライアン君がっ……」

「なんなのこれ？」

それぞれの反応を示す三人を眺め、ゼノスはぽりぽりと頭を搔（か）く。

「うーん、俺もよくわからないが……」

そういえば今日、ライアンは欠席だった。イリアが心配そうに両手を合わせる。

「ライアン君、不良の市民の子たちと付き合ってるって噂があるんです。も、もしかしたら何かトラブルに巻き込まれたのかも……」

「不良市民……？」

そのうちリーダー格の男は、レーデルシア学園の制服を持っていた。

思い当たることがある。明らかに人相の悪い男たちに昨日絡まれたばかりだ。

「ったく、先生って大変なんだな。授業やって、雑用やって、攫われた生徒の救出までするのか」

ゼノスは溜め息をつきながら、黒い外套に袖を通した。

「悪いが今日の放課後授業は延期だ。ちょっと出掛けてくる」

ドアに手をかけると、イリアに呼び止められる。

「待って下さい、ゼノ先生。私も連れて行って下さい」

「いや、ここは俺だけで行くよ」

ドアを開けようとしたが、イリアは食い下がってくる。

「お、お願いです、先生」

不思議に思って理由を尋ねると、イリアは一度俯いて答えた。

「ま、前に裏庭で他のクラスの子にからかわれた時に、ライアン君が助けてくれたことがあったから。私も何か力になれたらって……」

そういえば、そんなことがあった。シャルロッテが細い眉をわずかに寄せる。

「イリア、あなたもしかしてあの大男のこと――」

「あ、いえ、そういう訳ではないです」

「そこはあっさり否定するのね……」

「で、でも、私ずっと自分に自信がなくて、今までちゃんとお礼も言えなくて。Ｆクラスの私たちってみんな何かに自信がないんです……だけど、先生が来て、少しだけ変われた気がして……だから、そのライアン君も……」

震えそうになりながらも、視線を逸らすことなくこっちを見てくるイリアを、ゼノスはじっと眺める。気弱そうに見えて、頑固なところがある。

感覚派で細かいことを気にしない自分に、繊細で理屈っぽいヴェリトラ。師匠は子供の特徴をよく見て指導のやり方も変えていた。師匠ならこんな時どうするだろうと、ふと思う。

ゼノスはイリアに体を向けて、ゆっくり頷いた。

「……わかった。ちなみに街区の旧遊技場ってどこかわかるか？」

勢いで飛び出そうとしたが、よく考えたら場所を知らなかった。

「あ、はい。私は元市民なので。繁華街の外れにある場所で、親からは近づかないほうがいいとよく言われてました」

「じゃあ、悪いが案内を頼む。ただ一つ約束だ。現地に着いたら、俺がいいというまでは離れたところに隠れておくこと」

「は、はいっ」

イリアが大きく頷いてついてくると、シャルロッテが慌ててやってきた。

「ちょっと待ちなさいよ。私も行くわ」

「え、なんで？」

「なんでって、二人だけで夜の繁華街に行かせる訳にはいかないでしょう」

「……どういうこと？」

「な、なんでもないわ」

シャルロッテはそっぽを向いた後、ふと思い出したようにリリに言った。

「あ、そうだ。折角だからクッキーを三枚包んでくれる？　残りは好きにお食べなさい」

「イエッサー！」

リリが敬礼をして高級クッキーを紙に包んだ。なんだかすっかり餌付けされている。

シャルロッテは受け取った紙包みを肩掛けバッグに忍ばせ、意気揚々と右手を突き上げた。

「さあ、行くわよ！」

「遠足じゃないんだがな？」

＋＋＋

夏の空が夕闇に沈む頃、街区にある繁華街は眠りから覚めたように華やかに彩(いろど)られる。

夜を戦場にする売り子たちの客引きの声が響き渡り、極彩色の明かりに釣られた者たちが誘われるように店の中へと吸い寄せられていく。

しかし、その通りから二区画ほど外れた位置には、繁華街の賑やかさとは正反対の街灯もまばらでひとけの消えた通りがあった。

そこに古びた遊技場がひっそりと佇んでいる。

別の場所に新店舗ができたことで、現在は使われていない建物だ。今はやさぐれた若者たちがここを根城にしており、近隣の住民に近づく者はいない。

そのがらんとした無機質なフロアの中央で、大柄な青年が椅子に座らされていた。

両手足を縄で縛られ、胴体も縄で椅子に括り付けられている。抵抗した際に何度か殴られたことで目の端は腫れ、唇は切れ、口の中にも血が滲んでいる。

「てめえら、俺にこんな真似をしてただで済むと思ってるのか」

ライアンはどすの利いた声で、そばに立つグルドを睨みつけた。

しかし、グルドは悪びれる様子もなく、両手で長髪をかきあげる。

「あ〜、思ってるぜ。ライアンちゃん。どうせ親にも見放されてんだろ？　出来損ないの不良息子が家に戻らなくても気にしねえんじゃねえの」

「……」

ライアンは奥歯を噛み締めた。おそらくその通りだ。あの父親が自分を心配して誰かに探しに来させるとは思えない。押し黙ったライアンを見て、グルドは口の端を軽く持ち上げた。

「貴族が俺らの仲間面してんのには虫唾が走ってたぜ。もうちょっと金をせびってからにしようと思ってたがもういいや。むかつく教師に思い知らせてやったら、お前は用済みだ。お前の家が身代金でも払ってくれりゃいいが、それも期待できねえか」

グルドが馬鹿にしたように言い放ち、取り巻きたちも一斉に笑い始める。

ライアンは彼らを睨みつけながら、胸の内から何かが抜け落ちていくような感覚を味わっていた。

仲間なんて、いなかったのだ。

最初から体のいい金蔓としか見られていなかったことが、今になってようやくわかった。

家では疎まれ、学校に馴染めず、ようやく辿り着いた安息の地にも自分の居場所はない。

ライアンは拳を握りしめ、そして、低い声で言った。

「……馬鹿が」

「あぁ？」

「来ねえよ。教師なんて」

「……」

目を細めたグルドに、ライアンは半笑いの顔を向ける。

「お前の言う通りだよ、グルド。親父は俺に興味がない。学校の教師だってそうだ。落ちこぼれクラスの不良生徒のことなんざ誰も気にかけねえ。俺の身が危ない？　そんな確証もない手紙ごときで担任がわざわざ来るかよ」

諦念とともに腹から空虚な吐息が漏れる。

「ざまあみろっ。お前は坊ちゃん学園の一教師に舐められっぱなしで……ぐっ！」

最後まで言う前に、グルドに髪を掴まれ、顔を強引に下に向けられた。

「なあ、ライアン。よく考えたら五体満足である必要はねえよな。手紙だけで確証が持てないなら、次は指でも添えて送るか」

グルドは懐から鈍く光るナイフを取り出し、ゆっくりと近づけてくる。

「そういやお前んとこは元々騎士の家系ってやつだっけ？　剣を握るには親指が大事なんだよな」

冷たい刃先が、後ろで縛られている親指の付け根に添えられる感覚。

「くっ……」

ライアンは思わず目を閉じる。

こんなもんだ。生まれた時から何もかもうまくいかない。

親に諦められ、教師に蔑まれ、仲間と思っていた相手は仲間じゃなかった。

もうどうなったって構わない。絶望が身体にまとわりついて眼前を黒く塗りつぶす。

だが――

ふとグルドの動きが止まった。

入り口の辺りが妙に騒がしい。ゆっくりと顔を上げると、取り巻きの一人が飛んできた。

「うおっ！」

グルドが慌ててその場を飛びのき、男は背中から激しく床に落ちる。

その後も叫び声とともに、数人がこちらのほうへ吹き飛ばされてきた。

背中を押さえて悶え苦しむ男たち。人垣が左右に割れ、その中央を悠々と進み出てくる男がいた。

「よう、ライアン。無断欠席はよくないぞ」

「あ、あんた……」

現れたのは、担任だ。

しかし、闇よりも濃い黒い外套をまとい、不敵に笑うその姿は、正義の味方というより悪の組織の大幹部のようで、ましてや貴族学園の教師にはとても見えない。

「な、なんで……」

「面倒事は本来勘弁なんだが、一応、今は教師だからな」

担任教師はゆったりした口調で言って、視線をグルドに向ける。

「やっぱりお前か。指定通りにやってきたぞ。うちの生徒を返してもらおうか」

グルドはようやく我に返ったようにナイフを目の前に掲げた。

「くくく……馬鹿が。のこのことやってきやがった。俺は宵闇のグルドだ。この名前を知らねえ訳じゃねえだろ」

「知らんが?」

「くはは、強がりやがって。この辺りの不良チームを束ねる王だ。俺が一声かけりゃ、すぐに百人の悪どもが集まる」

「だから、知らんが?」

グルドは額に青筋を浮かべる。

「よっぽど死にてえらしいな。いいだろう、ライアンともども魚の餌にしてやるよ」

「ん？　話が違うぞ。ここに来たらライアンを返してくれるんじゃないのか」

「悪いな。俺らろくな育ち方をしてねえもんでよ」

グルドは瞳に残虐な光を宿らせ、ナイフの刀身をべろりと舐める。

しかし、漆黒の外套を羽織った男は、微塵も怯む様子を見せず、肩を押さえてこきこきと首を鳴らした。

「そうか。悪いけど、俺も育ちの悪さには自信があるんだ」

＋＋＋

――こいつ、何を考えてんだ。

不良市民の巣窟となっている旧遊技場に、たった一人で乗り込んできた担任教師を、ライアンは椅子に縛られたまま茫然と見つめる。

あまりにも無謀で、あまりにも考えなしだ。

治癒魔法学の教師の割には多少身のこなしに自信があるのかもしれないが、グルドたちはそんな甘い奴らじゃない。狼の群れに兎が一匹で飛び込むようなものだ。

状況がわかっていないのか、担任はのんきな声でグルドに語り掛けた。

「なあ、お互い疲れるし、無闇に争う必要はないだろ。ライアンさえ返してくれれば大人しく帰るぞ」

「……馬鹿が、やっちまえ！」

グルドの号令で、不良たちが一斉に襲い掛かった。

案の定、担任はもみくちゃにされ、あっという間に暴力の渦に飲み込まれてしまう。

「あんた、どうして来たっ」

ライアンは大声で叫んだ。こうなることはわかっていたはずだ。それなのに――

思わず歯噛みした瞬間、不良たちの数人が呻いて崩れ落ちた。

「え……？」

その奥で、涼しい顔の担任が呆れた顔で言った。

「あのな、仕事だから来たんだよ。まだ教師をクビになる訳にはいかないからな。本来俺は後衛タイプでこういうのは好きじゃないっていうのに」

その拳にはうっすらと青い光がまとわりついている。

すぐに不良たちが飛び掛かるが、担任はそいつらをたった一撃でのしていく。

強い。

しかし、それでも百人以上を相手に持つはずがない。

「もう俺のことはほっとけよっ。どうせ生まれた時からろくな人生じゃねえんだっ」

「ろくな人生じゃない……？」

思いのたけを吐き出すと、担任の肩がぴくっと揺れた。

襲い掛かった三人を即座に殴り倒した後、教師は言った。

「ライアン。お前、自分の誕生日を知ってるか?」

「は? あ、当たり前だろ?」

「うおりゃあっ」

「邪魔」

後ろから角材で殴りかかってきた男を肘打ちで悶絶させ、担任はゆっくりと近づいてくる。

その進行を止めようと次々と不良たちが襲い掛かるが、彼らはただ順番に悲鳴と呻き声を響かせるだけだ。

「飯は何日に一回出てくる?」

「ま、毎日だろ、普通」

「風呂は一年に何回入ってるんだ?」

「なんで年単位で聞くんだよ、毎日入らねえと汚えだろ」

「寝室は狭い石牢で、紙みたいな毛布を分け合って二十人くらいで寝るんだよな?」

「そんな訳ねえだろ、どこの話だよ」

「そうか……」

短く溜め息をついた担任に、これまでの雑魚とは明らかに違う屈強な体つきの五人が立ちはだかる。不良チームの幹部たちだ。

同時に床を蹴って襲い掛かる男たちをちら見すると、治癒魔法学の教師は拳をわずかに引いて言い放った。

「十分、ろくな人生じゃねえぇかぁぁぁっ！」

「ごへえぇぇっ！」

とんでもない速さで突き出された拳に、立ち塞がった幹部五人が次々と吹き飛んだ。

床で悶絶する男たちを見下ろした後、担任はじろりとこっちを睨む。

「そもそも貴族に生まれてろくな人生じゃないとか、お前は人生を舐めてるのか」

「え、あ、う……」

奇妙な迫力に、うまく言葉が出せない。隣で引きつった声を上げているのはグルドだ。

「なんなんだ……てめえはなんなんだよっ」

「しがない治癒魔法学の教師だよ」

「お、おい、動くなっ。それ以上近づくと、こいつの命はねえぞ」

グルドは額に汗を浮かべ、ナイフの刃先をライアンの首筋に当てた。

「坊ちゃん学校の教師の分際でてめえは調子に乗りすぎた。俺はまじでやるぜ」

「好きにしろ」

しかし、脅し文句を意にも介さず、担任は平然と足を進めてくる。

「おい、俺はやるって言っただろうが。後悔しても遅えぞっ！」

グルドが声を荒らげ、首筋の冷たい感触が圧を増した。

思わず観念したが、グルドのナイフは薄皮一枚傷つけることなく止まっている。

「な、ど、どうなってやがるっ？」

「無駄だよ。防護魔法をかけてるからな」

　一歩、二歩、三歩。

　担任は淡々と距離を詰めてきた。

「なんとなくわかったよ、ライアン。要はそいつらを仲間だと思ってたけど、そうじゃなかったってことだろ？　ぶっちゃけ三食風呂付きの生活を送ってる時点で、お前が何を悲観してるかよくわからなかったが……」

「う、うあああああああっ！」

　ナイフを手に襲い掛かるグルド。突き出された刃先を軽々とかわすと、担任はグルドの腹部に拳を叩き込んだ。

「仲間に裏切られた苦痛だけは共感するぞぉぉっ！」

「ぼぐあぁぁっ！」

　吐瀉物を盛大にまき散らしながら、壁まで吹き飛ぶグルド。担任は自身の拳を眺めて言った。

「あ、しまった、私怨が入りすぎた」

　そして、ふぅと溜め息をつく。

「ま……でも気にするな、ライアン。人生色々だ。生きてりゃ仲間に裏切られることだってあるさ」

「あ、あんた一体……」

　ライアンが唇を震わせると、壁際にうずくまったグルドが小さく呻いた。

「ま、待てよ……」

担任がふと足を止める。グルドは腹を押さえ、息も絶え絶えになりながら言った。

「俺に……こんな真似をして、ただで済むと、思ってんのか……」

「少しは悪いと思ってるよ。そもそも俺だってこんな真似をしたくはないんだ。生徒をさっさと返してくれれば大人しく帰るって言っただろ」

「ぐはは……お前は、終わりだよ」

「……どういうことだ？」

「聞いて驚くなよ。俺のバックには地下ギルドに出入りしているお方もいるんだぜ」

グルドは嗜虐的な笑みを浮かべる。

地下ギルドと言えば、魑魅魍魎渦巻く貧民街の奥にあるという伝説的な悪の巣窟だ。まさかグルドが地下ギルドに繋がっていたとは。身体の芯が冷えるのを感じながら担任に目をやると、相変わらず平然とした様子で首を傾げていた。

「地下ギルド？」

そして、むしろ申し訳なさそうに頭を掻いた。

「ああ……悪いが、あそこは俺の友達が無茶やったせいで、ほとんど機能停止してるぞ」

「は？　ば、馬鹿言ってんじゃねえ」

「いや、まあ形を変えて幾つかの派閥は残ってるって噂は聞くか……」

担任は憎悪を剥き出しにするグルドに淡々と言った。

「ま、いいや。もし【獣王】に会ったら、闇ヒーラーが宜しく言ってたと伝えておいてくれ。しばらくご無沙汰してるからな」

「え、あ……は？」

ぽかんと口を開けたのはグルドだ。

「あの……【獣王】って、まさか……え？」

「聞いたことくらいはあるだろ？　地下ギルド大幹部の【獣王】だよ。そういえば最近は人助けの仕事もしてるらしいから、俺も会うことがあったら紹介してやろうか。お前たちの根性を叩き直してくれると思うぞ」

「大、幹部……あの……う、嘘だよな」

「そう思うか？」

「……」

グルドはごくりと喉を鳴らし、倒れ伏した不良仲間たちをゆっくりと見渡す。

札付きの悪たちは、たった一人の男にやられてしまった。

何よりこの状況下で相手には少しの動揺も興奮もみられない。それはここよりもっと暗く野蛮な場所に日常的に身を浸していたという事実を否応なしに突き付けてくる。

【獣王】という名は噂では聞いたことがある。地下ギルドの大幹部と言えば、悪の元締めとも呼ばれるカリスマだ。それを気軽に紹介するというこの教師は一体何者だろうか。

ただ一つ確かなのは、決して手を出してはいけないものに手を出してしまったという感覚。

全身から血の気が引いて、奥歯がかたかたと音を立て始める。

やがてゆっくりと正面を向くと、グルドは勢いよく額を床にこすりつけて大声で言った。

「すっ、す、すいませんでしたぁぁぁぁっ！　もう二度と近づきませんっ！　チームも解散して、明日から真面目に働きますぅぅっ！　だから、命だけはぁぁぁっ！」

グルドは顔面蒼白のまま腹を押さえ、足をもつれさせながら旧遊技場を逃げ出していく。ようやく身を起こし始めた取り巻きたちも次々と命乞いをした後、ふらついた足で必死にグルドの後を追っていった。

後には治癒魔法学の教師と、椅子に縛られたライアンだけが、ぽつんと残される。

担任は腰を曲げて、床に落ちたグルドのナイフを拾い上げた。

「あ……あんたは一体」

「ま、お前にも色々あるんだろうが、色々あるのはお前だけじゃないってことだ」

そのナイフで縄を切られ、ようやく身体の自由が戻ってくる。

だが、ライアンの心はいまだ重苦しく沈んでいた。

誰もいなくなった遊技場をぼんやり眺めていると、肩を担任に叩かれた。

「ま、心配するな。俺の経験上、腐らずやっていけば、そのうちいい仲間ができるよ」

「経験上って、あんた……まじで何者なんだよ」

「しがない治癒魔法教師って言っただろ。表向きはな」

「表向き……？」

担任はふいに目を細め、ライアンの顔をじろじろと見つめる。

「瞼も腫れて唇も切れてるな。随分とやられたな。じゃ、これから裏の仕事の時間だ」

「裏の仕事……？」

「そんな顔で家に帰ると大変だろ？　俺が綺麗に治してやるよ。対価は一千万ウェンでどうだ？」

「な、なんだって？」

ライアンはぎりと奥歯を噛んで、拳を握りしめた。

「……結局、お前も俺の金が目的かよ」

担任は呆れ顔で溜め息をつく。

「当たり前だろ。俺は慈善事業家じゃないんだ。労力を考えろ。顔の治療だけじゃない。これだけのならず者を片付けて、お前の命まで救ったんだぞ。むしろ、安いくらいだ」

「そ、それは……」

「待って下さい、ゼノ先生っ」

遊技場の入り口から声がして、誰かが走ってくる。フロアの薄明かりの下に現れたのは、Ｆクラスのイリア、そして、七大貴族の娘のシャルロッテだ。

「お、お前ら……なんで？」

驚いて目を丸くすると、担任がやれやれと肩をすくめた。

「心配だったらしい。ついてくるって聞かなくてな」

「私はなんとなくついてきただけだけど」

「そこは心配だったって言おうな、シャルロッテ？」

担任とシャルロッテがやり合う横で、イリアがずいと進み出る。

「あの、私がライアン君の傷を治します」

「……イリ、ア」

「からかわれてる時、ライアン君に何度か助けてもらったから。お礼ちゃんと言えてなくて、ごめんなさい」

「……」

イリアが手を前にかざすと、担任はわずかに口の端を持ち上げて言った。

「そうか……残念だな。せっかく大金をせしめるチャンスだったのに」

イリアの詠唱とともに、怪我をした箇所が温かい光に癒されていく。傷だけではなく、不思議と胸の奥にもほのかな熱を感じた。

担任はがらんとした遊技場を見渡し、腰に手を当てる。

「こんな場所に仲間を求めなくても、お前にはもう仲間がいるんじゃないか。明日は登校しろよ。お前の居場所にな」

「……」

ライアンは大きく目を見開き、やがて無言で俯く。

その前に、突如甘い香りのする黒っぽい物体がずいと差し出された。顔を上げると、シャルロッテがドヤ顔でライアンを見下ろしている。

「な、なんだよ、これ？」

「仕方ないから、あなたにも上げるわ。なんだか惨めだし。この高級クッキーをありがたく食べなさい」

「い、いや、状況考えろよ。なんで今ここでクッキー食わなきゃいけないんだよ」

「はぁ？　私の施しを断るっていうの？　これなかなか手に入らないのよ」

「そういう問題じゃねえだろ」

シャルロッテと押し問答をしている様を、担任とイリアが苦笑しながら眺めている。

結局、圧に負けて一口含むと、確かに品のいい甘みと、ふんわりした芳醇な香りが舌の上に広がった。シャルロッテは腕を組んで、得意げに言った。

「落ち込んでる時は美味しいものを食べるのよ。舌とお腹が満たされればつまんないことは忘れるわ」

「……つまんないこと……か……」

ライアンはそう呟くと、下を向いて残りのクッキーをぼりぼりと貪った。

「どう、美味しいでしょ？」

「……しょっぺえよ、馬鹿」

そう答える頬には、一筋の雫がきらりと輝いていた。

第五章

炎に嫌われた少女

広々とした部屋に、見事に配置された品のいい調度品が優雅さと落ち着きを与えている。

レーデルシア学園の学園長室で、七大貴族次期当主のアルバート・ベイクラッドは壁に大きく縁どられた窓を眺めていた。

どこか憂いを帯びた横顔には、得も言われぬ色気が漂っている。

「最近、Ｆクラスの様子はどうだい？」

「少しずつまとまりが出てきているようです」

背後から報告の声が上がる。

学園長は視線を窓外に向けたまま、感心した様子で頷（うなず）いた。

「新任教師の彼がクラスをうまくまとめあげてるようだね」

「そのようです。嫌がらせにも全く応（こた）える様子はないと」

朝の点呼を無視しても「そもそも時間通りに来るだけで尊敬するわ」と褒め、教壇に花を置いたら「花を教師にプレゼントするなんて、いい風習があるんだな。もらっていいか？　家の奴（やつ）が喜ぶよ」と喜び、様々な悪戯（いたずら）にも全く動じることがない。

「これまでの教師とは何かが根本的に違うようだという声があるようです」

「そうか……」

学園長は壁にかかったカレンダーに目を向けた。

「もうすぐ……今期が終わるね」

学園の一年は十の月から始まり、七の月で終わる。

あと二週間ほどでレーデルシア学園の一年が終了する。

アルバート・ベイクラッドは端正な顔を再び窓の外に向け、ぽつりと呟（つぶや）いた。

「このままだと、Ｆクラスを作った意味がなくなってしまうなぁ」

＋＋＋

少女は少し焦（あせ）っていた。

大陸の強国ハーゼス王国において上流階級の子女のみが通うことを許された由緒正しいレーデルシア学園。しかし、現在彼女が籍を置いているのは去年までは存在しなかった最下層のＦクラス。

面子（メンツ）を見ても問題を抱えた生徒たちであることは一目瞭然だった。

ある者は市民上がりで居場所を掴（つか）めず、またある者は優秀な兄弟と比較されやさぐれてしまっている。学校の教師も扱いにくい生徒という態度を隠しもしない。

Ｆクラスは決して仲良しという訳ではないが、教師陣への反抗という意味ではこれまで連帯があった。大なり小なりの嫌がらせを随所で行い、何が決め手になったかはわからないが、今までに四人の担任が学期途中で姿を消すことになった。

いい気味だ。

だが、五人目の担任が来てからというもの、何かがおかしい。

飄々(ひょうひょう)としていて掴みどころのない男だが、治癒(ちゆ)魔法学の授業は確かにわかりやすいし、どの生徒にも全く変わらない態度で接する。そこにはこれまでの担任にあった無言の蔑(さげす)みや、厄介者を見るような視線は微塵(みじん)も感じられない。

そんなうわべだけの態度に、クラス全体が騙(だま)されつつある。

休み時間、少女は立ち上がって大柄なクラスメイトの席へと近づいた。

「どうしたのよ、ライアン」

「なにがだよ」

「あいつ、追い出すんじゃないの？　ここ数日随分大人しいじゃないの」

「あぁ、俺(おれ)ぁもう抜けたよ」

「……」

少女は目を見開いた。

「剣術の授業でいいようにやられて従順になった訳？」

「なんとでも言えよ」

ライアンは頬杖(ほおづえ)をつき、窓の外に広がる空を眺める。

「イリアの言う通り、あいつはちょっと今までの担任とは違うよ」

「……あ、そう」

少女はクラスメイトの席を離れながら、腰抜け、と小さく言った。

どうしてあれがうわべだけの態度だと誰も気づかないのだ。油断をさせて突然手の平を返すのが教師のやり方だというのに。

「……いいわよ。一人でもやってやる」

深紅の髪を揺らして、少女は親指の爪をきちりと噛んだ。

+++

「あのな、増えてるんだが……」

ゼノスは寮の部屋を見渡して、小さくぼやいた。

テーブルでは教師役のイリアの元でリリが初等教育を学び、シャルロッテは優雅な仕草でティータイムを楽しんでいる。ソファを見ると、大柄な男子生徒が足を組んで、剣術の指南書を読んでいた。放課後の課外授業にライアンが追加されたことで、人口密度が急激に増していた。

「す、すいません。毎日お邪魔して」

ぺこぺこと頭を下げるのはイリアだ。

「いや、イリアは勉強教えてもらってるし、交換条件だからいいんだが」

そう言うと、シャルロッテがカップを口に運びながら流し目を向けてきた。

「なに？　私もあなたたちが滅多にお目にかかれないようなお茶菓子を持ってきてあげてるでしょ。不満でもある訳？」

「不満はありませんですっ」

リリがなぜか敬礼しながら答える。

「ほら、見なさい。今日はナッツバターのバウムクーヘンよ。東国から取り寄せた茶葉も幾つか持ってきたから試すといいわ」

「イエッサー！」

リリが完全に餌付けされている。なんだかんだ上級貴族だけあって、人の扱いがうまいのかもしれない。これが高貴な血のなせる業なのか。

ゼノスがソファに目を向けると、ライアンが指南書から視線を外して言った。

「悪いかよ。グルドのチームは解散したって噂だし、家にいても居心地よくねえし」

「いや、まあ、別にいいんだが……」

貧民街の治療院も、ひっきりなしに亜人たちがやってきていたので、よく考えれば大して環境は変わっていない。むしろ彼らに比べれば随分と行儀のいいほうだ。

しかし、歴代の担任もこうやって生徒たちに放課後たむろされていたのだろうか。

尋ねると、イリアがぶんぶんと首を横に振った。

「今までは放課後に先生の部屋に行くなんて考えられなかったです」

ライアンも苦い顔で頷く。

「だな。これまでの四人は、はじめから俺らを学園のお荷物扱いしてきてたしな。ちょっとしたことですぐ落第点をつけようとするしよ」

「落第点……」

学園の生徒として相応しくない行動を認めた際につけられるものだとハンクスが言っていた。

確か年間で五十点に到達すると、退学になるんだったか。

「繁華街の怪しげな店に出入りしてれば落第点も仕方ないいんじゃないの」

シャルロッテの冷静なコメントに、ライアンは少し焦った様子で返す。

「ち、ちげえよ。むしろ学校で教師にそんな扱い受けて、むしゃくしゃして通い始めたっつーか……」

「ちなみに退学になったら困るのか？」

素朴な疑問を口にすると、イリアとライアンは顔を見合わせて頷いた。

「私は、困ります」

「俺はともかく……親は困るな」

どういうことかと尋ねると、ライアンはがしがしと頭を掻いた。

「貴族の社会ってのは狭くて濃いんだよ。初等部から面子もあんまり変わらねえし、色んなパーティでもしょっちゅう顔を合わせるしよ。そんな中で退学ってのはわかりやすい脱落を意味するんだ。要は貴族社会に居場所をなくすってことだな。ま、それだけなら別に俺は構わねえが……」

「怖いのは階級調整ですよね」

イリアが口を挟むと、ライアンは渋い顔で頷く。

「階級調整？」

聞いたことのない単語が出てきた。イリアが軽く身を震わせて補足をする。

「数年に一回、王族と七大貴族が中心になって貴族の階級の見直しが行われるんです。中級貴族が上級貴族になったり、その反対が起きたりして」

「そんなのがあるのか」

続いてライアンが説明を継いだ。

「そこのイリアみてえに、市民が貴族になる道が幾つかあるだろ？　放っておけば貴族の家系がどんどん増えちまう。だから、均衡（きんこう）を保つために定期的に見直す訳だよ。特に下級貴族の俺らは最悪市民への降格だってありえる訳だ」

で――、とライアンはソファに背を預ける。

「階級の見直しは家の活動実績を踏まえて行われる訳だ。子供の退学とか、そういうのも家名を汚したってことでマイナスの要素になりえるんだよ。だから、俺が退学になると、親父はひどく困る訳だ」

「へぇ、そんな仕組みがあるのか」

実際には新しい貴族なんてそうそうは誕生しないため、貴族資格剥奪（はくだつ）も滅多に起こることではないらしいが。バウムクーヘンを上品に口に運んでいるシャルロッテが、さばさばした口調で会話に入ってきた。

「ま、私には関係ない話ね。むしろ選ぶ側だし。私を退学にできる訳がないし」

「はいはい」

「はいはい」

「だから、聞きなさいよっ。って、そこの大男もしれっと便乗するんじゃないわよ」

「俺ぁライアンだよ。クラスメイトの名前くらいいい加減覚えろよ」

「ふん、一応イリアは覚えたわよ。私への敬意を感じるし。それがないあなたは不良筋肉馬鹿で十分よ」

「いい度胸だ。こらぁっ」

「おいおい、俺の部屋で暴れるなよ」

ライアンはよくも悪くも気を遣えないタイプなので、シャルロッテとよく衝突する。

だが、シャルロッテのほうも放課後同じ面子でお茶をしたり、遠慮なく物を言い合ったりというのは所属先のＡクラスでもあまりなかったらしく、少し新鮮には感じていそうだ。

うん、多分。

ゼノスは腕を組んで、ライアンを横目で見つめる。

「だから、今まで落第点をつけてきそうな教師を追い出してきた訳か」

「人聞き悪いな。むしゃくしゃしてちょっと嫌がらせしただけだ」

「卑劣ねぇ。腐っても貴族なんだから、正々堂々としなさいよ」

シャルロッテの指摘に、ライアンは小さく唸る。

「悪かったな。自分でもそう思ってるよ。だけど、Ｆクラスに集められた時点で後がないっつうか、立場安泰の七大貴族のお嬢様とは事情が違うんだよ」

「それは勿論（もちろん）、私とは違うでしょうけど」

当然のごとく答えるシャルロッテ。ゼノスを腕を組んだまま首をひねった。

「でも、よくわからないな。俺は特に嫌がらせなんて受けてないし、それで四人もの担任が逃げ出すのか？」

「そりゃあんたが特殊なだけだ」

「そうかな……？」

ゼノスはそこでぽんと手を叩く。

「あ、そうか。もしかして初日に教壇の下に刃物が入ってたのも嫌がらせの一環だったのか？」

「なんで今さら気づくんだよ。言っておくが、あれは俺じゃねえぞ」

ライアンが主張すると、イリアとシャルロッテも続いた。

「あのっ、私でもありません」

「この私がそんな卑劣な真似をする訳ないでしょ」

「じゃ、誰なんだ？」

尋ねると、三人の生徒は口を閉じて、首をひねった。

「わかんねえな……ただ、一番教師を毛嫌いしているのはエレノアだな」

「エレノア……？」

紅蓮（ぐれん）の髪の少女で、いつもきつい視線を投げかけてくる生徒だ。

ライアンは組んだ手を自身の頭に置いて言った。

「初等部の時は明るくて強気で、みんなのリーダーみたいな奴だったけどな。中等部の途中くらいから、あんな感じになったな」

「ふぅん、何があったんだ？」

「さあな。ただ、俺以上に親ともうまくいってねえみてえだし、教師への不信感もすげえな」

「エレノアさんは元々魔導士の家系ですよね？」

イリアが遠慮がちに会話に入ってくる。

「ああ、確か火炎魔導士だったはずだ」

現在の貴族は建国時の功労者の子孫。元々は何らかの役割を持った者たちであり、ライアンが騎士の家系であるように、エレノアは魔導士の家系らしい。

「あいつは子供の頃からすごい使い手で、神童みたいに言われてたな」

ライアンはそこで一度言葉を止め、「ただ――」と続けた。

「火炎魔法を使うところ、もう長いこと見てねえな。一度理由を聞いたら、あいつ言ってたんだ。

――私は炎に嫌われてるって」

＋＋＋

夏とはいえ、朝の空気はひんやりとして涼やかだ。

うっすらと靄のかかる校舎の裏庭で、深紅の髪色の少女がベンチに腰を下ろしていた。

エレノアはこの時間帯が好きだった。

まだ世界が目を覚ます前。日常のわずらわしさに振り回されることもなければ、夜のような孤独を覚えることもない。この時間の学校は、少なくとも家よりはずっと居心地のいい環境だ。

以前はクラスメイトのライアンと時々ここで鉢合わせすることもあった。さして会話が弾む訳ではないが、なんとなく他に居場所がない者同士の連帯感を覚えてはいた。

ただ、一年ほど前から、ライアンの姿は見なくなった。

気づいたら随分と荒れ、誰にでも突っかかるようになり、そして、最近急に大人しくなった。

「……」

無言で足を組んだエレノアは、そこでふと気づく。

校舎の壁に妙な落書きが描かれているのだ。

「なに、これ？」

落書きは黒い服を着た長い髪の女で、その隣に黒い服を着た黒髪の男がいる。

そして、女はなぜか男の頭にチョップをしており、勝ち誇ったような顔をしている。

何を表現したいのかさっぱりわからない。

「下手くそな絵……」

一体誰が描いたのだろう。初等部の悪ガキが忍び込んだのだろうか。

エレノアはベンチに腰を下ろしたまま、右手をゆっくりと持ち上げる。

あの落書きは、静謐な朝の雰囲気に似つかわしくない。

手の平を壁の絵に向け、薄く目を閉じる。

体内を巡る魔力の波動を感じ、その規則的な律動に呼吸を徐々に同調させていく。器に水が注がれていくように、魔力が少しずつ溢れ出していく感覚。血を巡らせるように、それを手の平へと集めていく。

「……っ！」

エレノアは突如目を開け、荒く息を吐いた。

脳裏によぎる記憶。痛み。しびれ。体の中の魔力が乱れ、心臓が脈打っている。

何度か深呼吸をした後、ようやく立ち上がって、落書きのそばに行った。近くの流し台でハンカチを濡らすと、下手くそな落書きをごしごしと拭いて消す。

「何やってるんだ、エレノア」

「っ！」

振り返ると、そこには担任の姿があった。

なぜか手に箒を持った治癒魔法学の教師は、どこか嬉しそうに言った。

「壁を綺麗にしてくれたのか、ありがとう。助かるよ」

「……助かる？」

「教頭に裏庭の掃除を押し付けられてるんだ。これだけ広いから、朝からやらないと終わらないんだよ。壁まではなかなか手がまわらないからな」

「別に……下手な落書きがあったから消しただけ」

　すると、担任は急に真顔になった。

「壁に落書き……？　あいつ、ひっそりやりやがった……！」

「は？　どういうこと？」

「いや……なんでもない。こっちの話だ。それ何度消しても出てくるかもしれないが、できれば明日もめげずに消してくれ」

　何が言いたいのかよくわからないが、貴重な朝の一人時間が終わったことはわかった。

　無言でその場を立ち去ろうとしたら、背中から声をかけられる。

「エレノア。いつも長袖着てるけど、暑くないのか」

「冬服のほうがデザインが好きなの。問題ある？」

「別にいいけど。あと、お前魔法を使ったか？」

「……っ」

　エレノアは足を止めて振り返った。努めて冷静な口調で答える。

「使ってない」

「そうか、ちょっとこの辺りの魔素が乱れてる気がしたからな」

　エレノアは拳を握り、担任を睨みつける。

「使ってないって言ったでしょ。私は魔法使えないから」

「そうなのか……？」

きょとんとした顔の担任に背を向け、今度は振り返らずにその場を立ち去る。

焦燥が胸の中で渦を巻いていた。

朝が来て、昼が来て、夜になり、季節は確実に巡っていく。
・・・・・・・・・・
もう誕生日まで時間がない。このままでは――

十分に離れた場所でエレノアはふいに立ち止まった。首を後ろに巡らせると、木々の隙間から物凄い速度で裏庭を箒で掃く担任の姿が見える。なぜかうちの使用人よりも動きが玄人じみている。

だが、所詮は教師。

仮面を被るのがうまいだけで、今までの担任と同じように、落第点をつけるために小さな粗を見つけ出そうと躍起になっているに違いない。教師なんてそもそもが信用できないのだ。

「どうすれば……」

教室に入った後も、エレノアは一人思い悩んでいた。

Fクラスのメンバーは多かれ少なかれ、教師から不当な扱いを受けてきている。

表立って反発していたのがライアンだったが、そのライアンが態度を変えたこと、Aクラスのシャルロッテと不遇の象徴でもあった市民上がりのイリアが担任に懐いたことで、クラスに醸成されてきた教師への反発心が薄れ始めているのを感じる。ゼノという担任はどうせ任期終了も近いが、最後に妙な行動をしないとも限らない。

――私がどうにかしないと。

焦りとともに使命感のような思いが湧き上がる。

ただ、これまでも小さな嫌がらせを仕込んできたが、あの担任は敏感なのか、逆に鈍感なのか、さっぱり応(こた)える様子がない。一体、どんな過去を持っているのか訝(いぶか)しんでしまうほどだ。

悩みながら何気なく机の下に手を入れると、指先がふと何かに触れた。

引き出してみると、それは新聞だった。生徒の中には新聞を購読している者がいて、朝のうちに机に配達されるのだ。間違って入れられたのだろう。

嘆息して取り出そうとした時、ふと目に飛び込んできた記事があった。

それは街区にある学校の教師が、女子更衣室に侵入して処分されたという内容だ。

紙面をじっと見つめたエレノアは、やがて口の端のわずかに引き上げた。

「……使えるわ」

+++

「おかえり。手紙が来てたよ」

放課後、寮の部屋に帰ると、リリが封筒を手渡してきた。

「ゼノ先生に、お手紙ですか？」

「まさか恋文じゃないでしょうね」

「ほう、どれどれ」

「こら、お前ら、当たり前のように覗(のぞ)くな」

いつもの三人を押しのけて、ゼノスは手紙に目を通す。

文面は、人生相談があるので明日の放課後に音楽室に来て欲しいというものだった。

差出人名は書かれていない。

「人生相談……？」

ゼノスは手紙を手にしながら呟く。

「先生は生徒の人生相談にも乗るのか？」

イリアが大きく頷いた。

「はい。この学園は少し特殊だと思いますが、街区の学校では生徒の進路相談に乗ったり、家庭の悩みを聞いてくれたりすることもあります」

「人生相談という名目で告白でもするつもりじゃないでしょうね。見に行こうかしら」

「だ、駄目ですよ、シャルロッテ様。個人的な相談でしょうし」

「わかってるわよ。冗談に決まってるわ。この私がそんなはしたない真似をする訳ないでしょう」

二人のやり取りを耳にしながらぼんやり思う。

師匠からは確かに治癒魔法も教わったが、生き方に関しても多くのことを学んだ。

教育とはそういう側面もあるのかもしれない。

「人生相談、か」

学園に来て一か月と半分が過ぎた。

自分も遂に人生相談をされるような立場になったと思うと、少し感慨深い。

もう一度文面を眺めていると、無人の空間からぼそりと声がした。

「音楽室、のぅ」

+++

「そろそろね……」

翌日の放課後。ひっそりと静まり返った音楽室に、エレノアの姿があった。

窓の外には茜色に染まった雲が薄くたなびいている。

通常、授業に使う教室は冷気の魔石を使用しているため涼しいが、無人の音楽室はひどく蒸し暑い。それでも胸の内はどこか冷え冷えとしていた。

手紙で担任を呼び出したのはエレノアだ。もう少ししたら標的がやってくる。

「人生相談……ただし、あんたが教師人生を転がり落ちる相談だけどね」

痴漢行為を働いて教師が処分された新聞記事を見て思いついた方法だ。

半裸の状態で担任を待ち受け、相手がやってきたら大声で叫び、乱暴されたと言うのだ。貴族の子女にそんな真似をすれば間違いなく再起不能に追い込める。

服を脱ぐのは抵抗があるが、ある程度状況は作らなければならない。

エレノアは大きく息を吐いて、制服の上着を脱ぎ始めた。襟元のリボンを外し、首と左手を抜いて、制服を右腕にだけかかった状態にする。後は薄いブラウスという姿で、スカートも少したくしあげておく。

そうして、標的が来るのをじっと待った。

黄昏は次第に濃くなり、エレノアの影が室内に長く伸びていた。

「ん、なんだか……」

少し冷えてきた。上着を脱いだとは言え、季節は夏だ。なのに、まるで冷気の魔石を使っているかのごとく辺りが冷え込んでいる。ぶるっと震えたエレノアは、右腕にかかった上着を引き上げようとして――

カタン、と音がした。

慌ててもう一度制服を下げてドアを見るが、誰かが入ってきた様子はない。

気のせいかと思い、周囲を見回した時、妙なものが目に入った。

「え？」

壁に掛かっている音楽家の肖像画が、ゆっくりと左右に揺れている。

「え……え？」

風もないはずなのに、何度目をこすっても、それは確かに揺れていた。

そして、今度は突然ピアノが静かに鳴り出した。

「ひっ」

思わず後ずさった拍子に、足を滑らせてしまう。お尻を床に打ち付け、「あうっ」と声が出た。

「な、なに、なんなのっ……」

臀部をさすりながら立ち上がろうとすると、次は誰もいない空間から凍えるような声がした。

「うらめしや……」

「……え？」

「覗きついでに学園七不思議第三弾、音楽室の怪をプロデュースしようと思っておったが、まさか現れたのが貴様だったとはなぁぁ」

「え、え？　なにっ？」

ずらりと並んだ音楽家の肖像画。その一番端に黒髪の女の絵がある。

あんな音楽家がいただろうか。すると彼女の闇色の瞳がじろりと開いた。

「ゼノスの目を盗んでせっかく壁に現れる変な落書きをプロデュースし、木陰に隠れて発見者の反応を楽しみにしておったのに、あろうことか『下手くそ』の一言で消しおった奴じゃなぁぁ」

「ひ、ひいいっ」

漆黒の衣装に身を包んだ女が、長い黒髪を前に垂らして、額縁から這い出してきた。

「こーのーうーらーみーはーらーさーでーおーくーべーきーかぁぁぁぁぁ！」

「ぎゃあああああああああああああっ！」

叫んでから気づく。

駄目だ。こんな大声を出してしまったら、無関係の人間まで集まってしまう。

「どうしたのっ」

案の定、上学年の女子生徒が音楽室に入ってきてしまった。その後も続々と教師や生徒がやって

きて、その中に本来の標的である担任の姿もあった。だが、担任が入ってきたのは五番目くらいだ。こんな状況で担任に乱暴されたというのは無理がある。

「どうした、大丈夫か？」

「あ、いや、あの、幽霊が……」

慌てて答えながら、皆のなんとも言えない視線で、自分が半裸状態であることに気がつく。

「いや、ち、ち、違うのっ」

大失策。

これでは、ただの痴女だ。

無言で佇んでいた担任がそばに膝をついて、軽く首をひねりながら懐から封筒を取り出す。

「この手紙、お前か？　これ……どういう人生相談なんだ？」

「だ、だから、違うっ。違うんだからあぁぁぁっ！」

+++

「最悪……」

翌日の休み時間。エレノアは一人机で頭を抱えていた。

結局、学校側は幽霊の話を信じてくれず、最終的には、音楽室で気分転換にピアノを弾こうと思ったが、暑さで朦朧となり幻覚を見たのだろうという話に落ち着いた。服を脱いだのも熱気で頭がおかしくなっていたということで一応説明はついたが、教師を罠に嵌めるはずが、自らの半裸を大衆の目に晒すだけの結果になってしまった。

顔を上げると、斜め前の席のライアンと目が合う。

「なんつうか……大変だったな」

「う、うるさいっ」

「おい、エレノアっ」

呼び止める声を無視して廊下にとび出る。

事件のことは噂で伝わっているようで、教室にいづらい。

それでもあの家にいるよりはましだ。

「……」

両親との関係も、親戚との関係も、学校生活も、何もかもがうまくいかない。

今はクズ扱いしてくる担任を追い出した時だけが、達成感を得られる数少ない機会になっている。

だが、痴漢に仕立てる手段は失敗したし、あんなことがあった以上は同じ手は使えない。

廊下をとぼとぼ歩いていたら、後ろから声をかけられる。

「おぉ、エレノアじゃないか」

「……ああ」

振り返ったエレノアの目に映ったのは、ブラウンヘアーの爽やかな笑顔の男だ。

Dクラスの教師ハンクス。元々エレノアはDクラスに所属していた。その時の担任でもある。

ハンクスは両手に荷物を抱えたまま、穏やかに言う。

「話すのは久しぶりだな。Ｆクラス行きを止められなくて悪かった」

「別に……」

顔をそむけるエレノアに、ハンクスは続けて尋ねる。

「元気にしてるか？」

「元気にしてると思う？」

「ああ、そうだな。まあ、無事が一番だよ。ゼノ先生に聞いたけど、熱中症は意外と怖い病気らしいから」

音楽室の噂はやはり伝わっているらしい。

しかし、ハンクスに変にフォローするような態度は見られない。

この学園では、貴族出身ではない教師は生徒に舐められる傾向があるが、ハンクスは言うべきことは言うが余計なことは口にせず、親しげではあるが必要以上には距離を詰めてこない。一方でここぞという時には生徒の話を聞いて味方をしてくれるため、比較的多くの生徒に信頼されていた。

「……何やってんの」

エレノアは、ハンクスの抱えた大きな箱を見て言った。

「ああ、雑用だよ。備品の手配や食料の在庫管理をやらされてるんだ。ビルセン教頭は市民出身の教師に厳しいからなぁ」

わざとらしく渋面を作った後、ハンクスはやれやれと肩をすくめる。

「さっきも地下の食糧庫に行った時に扉が閉まりかけて、危うく閉じ込められるところだった。建て付けが悪くなってるんだ。中からドアを開ける装置も壊れてるし、もう少しで出られなくなるところだったよ。もしかしたら教頭の陰謀かもな」

「あ、そう」

「相変わらず反応が薄いな」

ハンクスは苦笑して、抱えた箱をよいせと持ち直した。

「ま、雑用の多さで言えば、そっちのゼノ先生に比べたら大したことはないけどな。体を壊さないように気を使ってやってくれ。じゃあな」

箱を重そうに抱えて廊下を行くハンクスの背を、エレノアは黙って見つめる。

そして、ふと気づいたように呟いた。

「教頭の、陰謀……」

思いついた。担任を思い切り怖がらせ、追い出せるかもしれない方法を。


計画の詳細を頭の中で詰めながら、エレノアは貴族の邸宅が並ぶ通りをゆっくり歩く。

敢（あ）えて徒歩を選んでいるのは、馬車に乗るとすぐに家についてしまうからだ。

「エレノアお姉様」

ふいに名を呼ばれ、顔を横に向ける。

エレノアより少し背の低いベレー帽を被った少女が、塀に背を預けて立っていた。レーデルシア学園の中等部に通う一つ年下の従妹、ミリーナだ。

「なに？」

エレノアは抑揚のない声で言った。昔はよく一緒に遊んでいたが、中等部の途中から疎遠になっていた。従妹のミリーナはくすくすと笑う。

「久しぶりにお顔を見ようと屋敷に伺ったのですが、いらっしゃらなかったので。まさか歩いて通っているとは思っていませんでした。まるで庶民のようなことをなさるんですね」

「それで……何の用？」

冷たく返すと、ミリーナは口元に手を当てて言った。

「やだ怖い。そろそろお姉様の十六歳のお誕生日でしょう。お祝いを言いに来たのですわ」

誕生日、という単語で胸の奥に鈍い痛みが走る。

「嫌味のつもり？」

じろりと睨むと、従妹は笑った顔のまま首を横に振った。

「いいえ、心からの祝福ですわ。ようやく嫌いなおうちから離れられるじゃありませんか」

「……」

壁から背を離し、ミリーナはゆっくりと近づいてきた。

「私たちフレイザード家は、元々火炎魔導士の家系。代々の当主は直系の長子が選ばれることになっていますが、当主になるには血筋以外にもう一つ条件がある」

従妹は人差し指を立て、唇を小さく開いた。

「《火炎輪(フレイム・リング)》」

ぼうと淡い炎が空中に浮かびあがり、従妹の指先のまわりで円を描く。

「……っ！」

エレノアが目を見開くと、従妹は炎を見せつけるように指を掲げた。

「それは十六歳の誕生日の儀式で火炎魔法を使うこと。もし、直系の長子が火炎魔法を使えない場合、分家の中で火炎魔法が使える年長の者が次の当主になるというルールがあります。つまり、私ですわ」

「いつの、間に」

「エレノアお姉様は子供の頃から息を吸うように火炎魔法を操(あやつ)っていました。私は正直絶望していましたわ。このまま一生分家の身分なんだって。お姉様は知らないと思いますけど、本家と分家の扱いの差はすごいんですよ？　だけど、お姉様がある日急に魔法が使えなくなって、チャンスだと思いました。幸い少し魔力はありましたから、特訓したんですわ、死に物ぐるいで。この私が」

「……」

指先の炎を消すと、ミリーナはエレノアの脇(わき)を通り過ぎながら、囁(ささや)くように言った。

「魔法が使えなくなった上に、Fクラスなんて聞いたこともないクラスに入れられるなんて可哀そう。音楽室では醜態を晒したんですって？　もし素行不良で退学にでもなれば、もうお姉様の居場所はどこにもなくなりますね」

「そんなことは――」

「それではご機嫌よう。フレイザード本家は私に任せて下さい」

「……」

夕闇に消えゆく従妹の背中に、エレノアは手の平を向ける。

精神を集中し、呼吸を整えて。魔力を種火のようにして、ゆっくりと燃え上がらせ――

「……」

エレノアは首を振って、無言で右手を下ろした。額には汗がびっしりと浮いている。

ルールは知っていた。誕生日まで時間がないことも知っていた。でも、きっとそのうち火炎魔法が使えるようになる、そう思っていた。

でも、そうじゃなかった。

当主の座にそれほどこだわりはないが、魔法が使えなくなった後の両親の落胆した顔が今も忘れられないでいる。まるで腫れ物を触るような扱いへと変わり、それが嫌であまり顔を合わせなくなった。これ以上落胆させるのは嫌だった。

Ｆクラスは期間限定のクラスだ。あと少しで終わりだが、今の担任が最後の最後で落第点を連発してこないとも限らない。教師なんてそんなものだ。

従妹の言う通り、音楽室で半裸になった件は学園の求める生徒像には反している。

担任がその気になれば、あれに大量の落第点をつけることだって可能なのだ。

「やられる前に、やってやる……」

エレノアは静かに呟いて、拳をぎゅっと握った。

＋＋＋

「ちょっと、いい？」

翌日の昼休み。ゼノスが廊下を歩いていたら、エレノアから呼び止められた。

この女生徒から話しかけられることは滅多にないため、珍しいこともあるものだと思いつつ、ゼノスは生徒に向かい合う。

「どうしたんだ？　人生相談か？」

「違うわよっ」

眉(まゆ)の端を持ち上げ、エレノアはわかりやすく怒りをあらわにする。いつも不愛想なまま表情が変わらないことが多いので、こういう変化もできるのだと思った。

「じゃあ、なんだ？」

「氷が欲しいの」

唐突な要望に、ゼノスは眉をひそめる。

「随分急だな。なんで欲しいんだ？」

「氷嚢(ひょうのう)を作ろうと思って。私、暑さに弱いし」

「ああ、そうか。この前みたいなこともあったしな」

ゼノスはぽりぽりと頭を掻く。

「だけど、俺は治癒魔法学の教師だぞ。氷が欲しいと言われてほいと出せる訳じゃないが」

「地下の食糧庫にあるから、一緒に取りに行って。教師の同行が必要だから」

「へぇ、地下に食糧庫があるのか。それならいいぞ」

今は昼休みだし、教頭から申し付けられた雑務もあらかた片付けてしまっている。

最近は押し付ける雑務がなくなってきており、教頭に「お前の雑用力の高さはなんなんだ」と苦い顔でぼやかれている。

「で、どこに行けばいい？」

「こっちよ」

先導するエレノアの後についていきながら、ゼノスは校内を見回した。

貴族学園での教師生活ももうすぐ二か月。学期の終了とともに、任期も終わる。

当初の目的だった正規の初等教育を学ぶという目標も、当然全てとはいかないがイリアと賢いリリのおかげである程度達成することはできた。学校の仕組みについてもレーデルシア学園は大きすぎて参考にならない部分も多いが、同僚のハンクスに聞いたりして少し理解もできた。

それでも、やはりまだわからないことがある。

教師とは一体何で、師匠はどうして何の得にもならない貧民街の子供に教育を施したのだろう。

ひとけの少ない通路を進んでいたら、曲がり角の先に誰かの気配があった。

「あれ、ゼノ先生」

「おぉ、エレノアじゃねえか」

「ちょっと、どうして二人きりなのよ」

イリア、ライアン、それにシャルロッテの三人だ。

「えっ。なんでこんなところに……」

なぜかエレノアは露骨に嫌な顔をしている。

ライアンは軽く鼻を鳴らして答えた。

「学園七不思議の噂を知ってるか？　ここ最近妙な現象があちこちで起こってるらしいんだよ」

「それでライアン君が面白そうだから調べてみようって言い始めて……」

「貴族を代表する身として、学園に変な噂が立っても困るでしょ。仕方ないから渋々付き合ってあげてる訳」

順番に答える三人に、ゼノスは無表情に答える。

「フシギナコトモアルモンダナァ」

「なんで棒読みなのよ？」

「い、いや、そんなことはないぞ」

顔の前で手を振ると、シャルロッテがじろりとこちらを睨んでくる。

「で、あなたたちこそ、私への断りもなくどこに行こうとしてる訳？」

「いや、どこかに行くたびにいちいちお前に断りが必要なのか。エレノアが地下の食糧庫に行きたいって言うから、同行してるんだよ」

「ふぅん」

シャルロッテは腕を組んで、隣のイリアに目を向けた。

「じゃ、私も行くわ。あなたもついてきなさい、イリア」

「えっ、私もですか？」

「なにか不満？　地下なんていかにも妙な噂の出所になりそうじゃない。調査が必要じゃないかしら」

「は、はい……」

残るライアンもエレノアをじっと見つめた後に、右手を挙げた。

「俺も行くぜ。いいよな、エレノア」

「なんで……」

エレノアが小さく舌打ちをする。

結局、エレノアだけでなく、イリア、シャルロッテ、ライアンまでついてきて、ぞろぞろと地下へと向かうことになった。

「せっかくひとけのない通路を選んだのに、これじゃ計画がパーじゃない……」

エレノアは眉間（みけん）に皺（しわ）を寄せてぶつぶつと言っているが、よく聞き取れない。

地下への階段を下りると、辺りはひんやりした空間だった。

日が当たらないため視界は全体的に薄暗く、代わりに声がやけに大きく反響する。

地下に降りてからは、エレノアは不機嫌そうに口を引き結んで何も話そうとしない。

少し進むと、見上げるような大きな金属の扉があった。

「へぇ、これが食糧庫か。氷が欲しいんだよな、エレノア」

「……」

「エレノア？」

「ああ、うん……」

エレノアは投げやりな調子で頷いた。ゼノスは首を傾げて食糧庫に近づく。

「で、どうやって開けるんだ。この扉」

「え、それも知らずに来た訳？」

「仕方ないだろ。急に来ることになったんだよ」

シャルロッテと言い合ってると、イリアが遠慮がちに口を開いた。

「あの、確か暗証番号があった気がします」

言われた通り、扉の横に数字が配置された金属盤がある。魔導具の一種なのか、淡い緑色の光をぼんやりと発していた。

「暗証番号か……知らんな」

「知っときなさいよ。教師でしょ」

「知らんもんは知らん。自慢じゃないが、俺は授業より雑用時間のほうが多いからな。教頭からもお前の雑用力は驚嘆に値すると驚かれたぞ。ふはは」

「なんで自信満々なのよ」

「もう別に――」

エレノアが何かを言いかけた時、ライアンが前に進み出た。

「ちょっと待てよ。エレノアの氷が必要なんだろ？　確か……」

金属盤を眺め、確認するようにゆっくりと数字を押していく。

すると、ぶぅんという羽虫のような音がして、板の発する光が緑色から青色に変化した。

直後、重たい軋轢音(あつれきおん)とともに巨大な扉が左右に開き始める。

「おお、やるじゃないか、ライアン」

「初等部の時に、腹が減りすぎて教師が番号押すのを隠れて盗み見たことがあんだよ。あの時から番号が変わってねえのもやべえけどな」

得意げに胸を張るライアンに、エレノアが鋭い口調で言った。

「ライアン、余計なこと言わないで。落第点つけられるでしょ」

「あ？　ま、初等部の時のことだから時効だろ」

「わかんないでしょ。教師なんてすぐに手の平返すんだから」

扉の開く音が響く中、微妙に気まずい空気が流れる。

ゼノスは自分の肩を押さえて、不思議そうに言った。

「食欲に落第点なんかつけられないだろ。空腹は生死に直結するからな。俺も残飯がよく捨てられる場所や、食べて死なないキノコなんかは必死になって覚えたもんだ」

「だから、お前はどんな生き方してきたんだよ」

「ま、そんなことより扉が開いたぞ。さっさと必要なものを取ってくるか」

ゼノスは生徒たちを促す。まずはライアン。そのライアンに誘われる形でエレノアが不承不承(ふしょうぶしょう)後に続く。その後ろを、不安そうに辺りを見回しながらイリアがついていった。

食糧庫の前には、ゼノスとシャルロッテが残される。

「どうしたのよ、ぼうっとして」

生徒達の背中を眺めていたら、シャルロッテから声をかけられた。

「ああ、いや……やっぱり少し変だと思ってな」

「変？」

「短い期間だけど、教師をやってみて思ったんだ。一人や二人ならまだしも、四人もの担任が生徒に何も言わず姿を消すっておかしくないか。俺でも別れの挨拶くらいはするぞ」

「嫌がらせの加害者に挨拶なんてしたくなかったんじゃないの？」

「嫌がらせの加害者……」

ふと思う。それは一体いつからどのように始まったのだろうか。

ゼノスはしばし虚空を見つめた後、首を振って息を吐いた。

「……ま、考えてもわからないな。とりあえず行こうか」

促(うなが)して横を見ると、シャルロッテは神妙な表情を浮かべている。

「どうしたんだ？　中に入るのが怖いのか？」

「馬鹿言わないで。この私がちょっと薄暗い食糧庫なんかに怯(おび)えるものですか」

「そうだな」

軽く笑って、先に行った生徒たちを追おうすると、「ねえ」と声をかけられる。

「さっき別れの挨拶って言ったけど……もうすぐで任期は終わりなんでしょ」

「あと一週間だな」

「どうするのよ」

「何が？」

「……その、延長してあげましょうか。パパに頼めば――」

シャルロッテはそこで言葉を止めた。

「……何でもない」

「どうしたんだ？」

「別に。前にあなた言ってたでしょ。施しを与える時は、相手が喜ぶのか考えたほうがいいって」

「ああ、そういえば」

前にリリの弁当を質素と言われ、執事に代わりを用意させると提案された時だ。

ゼノスは苦笑しながら手を腰にやる。

「でも、ライアンにはあの状況でクッキーを施してたけどな」

「わ、悪かったわね。あの状況だからよ。美味しいものを食べるくらいしか救いがないじゃない」

一歩足を進めた後、ゼノスはゆっくり振り返った。

「なんだか、お前は少し変わった気がするよ」

「……そう、かしら」

「頰の手術の前は、だいぶ刺々しい印象だった気がするし、俺が学園に来た時はもうちょっと傍若無人だった気がする」

「ふん、いいのよ。傍若無人で。私が傍若無人でなくて誰がそう振る舞えるというの。ノブレス・オブリージュ。それが上級貴族としての特権であり義務でもある。一流貴族としての振る舞いを見せつけるのも私がFクラスにいる理由でもあるのだから」

「まあ、そういうところはお前らしいな」

口元を緩めたゼノスを、シャルロッテは正面から見つめる。

「それより……あなたは一体何なの？」

「何って？」

「最初は治癒魔法が得意なだけだと思ってた。どんな人間だろうって。でも、問題児クラスに難なく対応するし、雑用ばっかりしているし、そう思ってたら不良を一掃したりするし、知れば知るほどわからないことが増えていくわ」

ゼノスはしばらく沈黙し、やがて穏やかに答えた。

「そうだな。いつかちゃんと話すよ」

一つだけ最近思うことがある。王立治療院に潜入した時と違って、今回は生徒たちを相手にしている。だから、素性を全て嘘で塗り固めるのには抵抗があった。全てとはいかずとも、いずれ話はしないといけないと思っている。

「……」

食糧庫に入ろうとすると、シャルロッテの小さな呟きが聞こえた。

「ねえ、私が変わったとしたら、それはあなたが――」

「ん？　なんか言ったか？」

「べ、別に。ほら、さっさと行くわよ」

二人して食糧庫の中に入る。

光の魔石がぼんやりと照らす空間は広大で、多くの棚が整然と列を為していた。食糧を保管していることもあって、大量の冷気の魔石が使われているのか、中は凍えるほどに寒い。

先に行った生徒たちの名前を呼ぶと、奥のほうから返事があった。

長方形の氷が並んだ棚があり、ライアンがその一部を切り出そうと奮闘していた。

エレノアは、同級生の様子をなんとも言えない表情で見つめている。

「ライアン。別にもう」

「また暑さで倒れたら大変だろうが」

自ら言い出した癖にあまり乗り気でないエレノアに、ライアンは説得するように言った。

その時、ふとイリアが顔を上げ、辺りをきょろきょろと見回す。

「今、なんか変な音がしませんでした？」

「嫌なこと言わないでよ。変なこと思い出すじゃない」

エレノアが眉根を寄せる。

「変なこと？」

「い、いや、音楽室でピアノが勝手に――」

「しっ」

ゼノスが口に人差し指を当て、イリアとエレノアの会話を中断させる。

「いや……確かに音がするぞ」

沈黙の降りた空間に、重たいものが床にこすれるような音が遠くから聞こえた。

「ちょっと待てよ。これって――」

「あっ！」

エレノアが何かを思い出したように突然駆け出した。慌てた様子を見て他のメンバーも後をついていく。腕を振り、膝を上げ、貴族の子女が普段滅多にやらない全力疾走を見せ、そうして食糧庫の入り口まで辿り着いた時、エレノアは小さく呻いて膝をついた。

「そんな……」

食糧庫の出入り口。分厚い金属の扉が、完全に閉ざされてしまっていた。

＋＋＋

「最悪……」

少しの隙間もなくぴったりと閉じている扉の前で、今週何度目かの台詞をエレノアは呟いた。

Ｄクラス担任のハンクスが食糧庫に閉じ込められそうになったという話を聞いて、担任を誘い出して中に閉じ込める案を思いついた。大いに怯えるだろうし、その間授業をさぼったとして学園上層部から厳しい評価が下されるだろう。うまくいけばそのまま追い出せる算段だった。

なのに、道中でクラスメイトが合流したことで予定がくるってしまった。

計画の延期を考えつつ仕方なくクラスメイトに同行していたら、遠くで異音が鳴ったのだ。

どうしてすぐに気づかなかったのだろう。ハンクスが食糧庫に閉じ込められかけたのは、扉の建て付けが悪くなっていたからだと言っていたのに。

「ど、どうしましょうっ」

「どうにかしなさい、あなたたち」

慌てるイリアと、悠然と構えるシャルロッテ。

「ちょっと待ってろ。確か扉は中からも開けられるはずだ」

ライアンが前に進み出て、扉の横にある数字盤を操作する。しかし、何度か試した後、茫然(ぼうぜん)とした顔で呟いた。

「……駄目だ。俺の知ってる番号じゃ開かねえ」

「そんな……入る時は開けられましたよね？」

「駄目よ、中から出る装置は今壊れてるって――」

青ざめるイリアに、エレノアはハンクスから聞いた事実を語尾を震わせて伝える。

「おいおい、なんだよそりゃあ」

ライアンがなんとか扉をこじ開けようと奮闘するが、やがて諦(あきら)めて首を横に振った。

「無理だ。びくともしねえ」

光の魔石が置かれているため、中の視界は良好だが、息苦しいほどの静けさが辺りに満ちる。

「お前たち、ちょっと下がってろ」

少し離れた場所に立っていた担任が、生徒たちに声をかけた。

「《執刀(メス)》」

担任の詠唱とともにその右手に白く光る刃物が現れた。それはすぐに大きさを増し、人の背丈ほどもある剣へと姿を変える。

「おい、なんだよ、それ」

「魔力で作った刃物だ。危ないからもう少し離れてろ」

ライアンの突っ込みに淡々と答え、担任は扉に向かって駆け出した。

「賠償請求されませんように」

よくわからない呪文を口にして、先端を振り下ろす。が――

ぎぃぃん、という金属音がして、扉の表面に幾筋もの緑色の線が現れた。それはまるで扉を守るように、固く格子状に組まれている。

「なんだこれ？　妙な結界みたいなのが張られてるな」

担任は眩(まばゆ)く輝く剣を手にしたまま、扉を撫(な)でる。

「そうか……これ魔導具で作動する扉だったな。ということは結界魔法もセットになってるのか。厄介だな」

そして、腕を組んで唸った。

「困ったな。後は壁を削っていくしかないが、かなり分厚そうだから時間はかかるぞ」

「時間がかかるって……そ、そんなに待てないわよ」

エレノアは血の気が引くのを感じた。室内には冷気が充満しており、吐く息が白く濁っている。この寒さでは下手をすれば一刻も経たずに、凍え死んでしまうだろう。

イリアが両手をこすり合わせながら、敢えて明るい口調で言った。

「で、でも、私たちがいなくなった訳ですし、誰かが助けに来てくれますよね？」

「どうかな。俺らはただでさえ素行不良と思われてるかな。いなくなったところで遊びに行ったと思われるのがオチじゃねえか」

ライアンの意見に、イリアは更に不安げな顔でシャルロッテを見た。

「それでも、シャルロッテ様がいなくなればさすがに……」

「どうかしら。放課後はいつもティータイムしてたから、家には遅くなるって伝えてるのよね。むしろ邪魔するなって言っちゃってるし。さすがに夜になったら探しに来るでしょうけど」

まだ時刻は昼休み。警備員だって地下の食糧庫にまでわざわざやってこない。

「ど、どうするのよ」

エレノアは唇を震わせながら言った。

「まあ、方法がない訳じゃないが……」

いつの間にか手にした白い剣を消した担任は、腕を組んでエレノアを見つめる。

「エレノア。火炎魔法は使えるか？」

「……っ！」

エレノアは赤い瞳を見開いた。

「火炎魔法でこの空間を温めて時間を稼いでくれ。その間に出口のほうはなんとかする」

「なるほどな。そりゃいい考えだ」

ライアンも同調するが、エレノアは声を硬くして首を横に振った。

「む、無理よっ。私には――」

イリアとシャルロッテの視線も感じながら、エレノアは拳を強く握る。

「魔法はもう……使えない、から」

俯いて弱弱しく言うと、担任が予想外の言葉を口にした。

「それは右腕に火傷を負ったせいか？」

「……っ！」

反射的に右腕を押さえて、エレノアは目を丸くする。

「どうして、それを」

「ただの勘だけど、やっぱりそうか。音楽室の時、半裸だったのに右腕だけは上着をかけて見せないようにしてただろ。もっと優先的に隠す場所があるだろうに変だとは思ってたんだ。それに夏なのにずっと長袖着てるし、もしかしたらってな」

「……」

クラスメイトに気づかれないように、何年も隠してきたのに。

この男はたった二か月の付き合いで、火傷のことを見破ってしまった。

「そう、だったのかよ」

ライアンは真剣な顔で呟き、イリアも心配そうな表情を浮かべている。

シャルロッテだけは何を考えているかよくわからない顔をしているが。

エレノアは右腕を押さえたまま、白い吐息とともに、ぽつぽつと語った。

「……できたのよ。昔は簡単に火炎魔法が出せた。親も教師もいつも褒めてくれた。それで中等部の謝恩会の夜に、担任教師が言ったの。花火みたいに大きな火炎を空に打ち上げて、みんなをびっくりさせようって」

その教師に密かに好意を抱いていたエレノアは、提案に乗ることにした。

上空に向かって両手をかざし、意識を集中し、呼吸を整え、魔力を燃やし――

そして、魔法が暴発した。

皆を驚かせようと、ひとけのない場所で詠唱を行ったため幸い周りに怪我人は出なかった。

だが、右腕には痛々しい火傷の痕が残り、それをけしかけた担任は、報復を恐れるかのように、逃げるように学校から去っていった。

教師を信用できなくなったのはそれからだ。

「私だって……もう一度使いたい。フレイザード家の当主を継ぐには、今度の誕生日までに火炎魔法が使えないといけないの。このままだと従妹が継いで追い出される。でも、無理なのよっ。火炎魔法を使おうとすると、腕の火傷がたまらなく痛くなって、あの時のことが頭によぎって、呼吸がっ……」

エレノアは胸を掴み、喘ぐように叫んだ。

あれだけ自由に使えた火炎魔法が、変な見栄をはったせいで自分自身に牙を剥いた。

私はもう炎に嫌われてしまっている。

極寒の空間に、エレノアの悲痛な呻きが響き渡る。

そんな凍える空気を打ち破るように、あっけらかんと言ったのはシャルロッテだ。

「だったら、火傷がなくなればいいんじゃない？」

パンがなければケーキを食べればいいじゃないといった気軽さに、エレノアは相手が七大貴族の娘ということも忘れて言葉を荒らげた。

「簡単に言わないでっ。王立治療院にも相談に行ったけど、聖女でもなければ完治は無理だって」

聖女は至上の癒し手と呼ばれる謎多き女性だが、下級貴族が簡単に会える相手ではない。

数人いる腕利きの特級治癒師も、ある者は中級以上の貴族相手の治療で手いっぱいで、ある者は放浪から帰らず、ある者は国境の戦場に出向いていたりして、命に関わらない状態であれば何年も待たなければいけないと聞かされた。

「わかる？　火傷をすぐに治せる治癒師なんて――」

「いるじゃない。そこに」

「……え？」

シャルロッテが指さしたのは、治癒魔法学の教師だ。

担任は小さく嘆息して答えた。

「お前、簡単に言ってくれるな」

「できるでしょ。あなたなら」

「無理じゃないが、治癒魔法ってのは細胞が再生しようとする力を助けるものだ。だから、新しい傷は治しやすいが、細胞が完全に死んでしまった古い傷を再生させることはできない。もし火傷を完全に消したいなら、皮膚を火傷ごと全て切り取って正常な細胞部分を増殖させて再生させることになる。いずれにせよ結構大変な手術になるぞ」

「火傷を全部切り取って再生？　そ、そんなことできる訳ないじゃないっ」

王立治療院でもそんな治療法は聞かされなかった。

しかし、シャルロッテは表情を変えずに、自身の頬に人差し指を当てた。

「できる訳ない。私もそう思ってたわ」

「ねえ、私、綺麗？」

「……は？　こんな状況で何を」

「今はこんなに綺麗だけど、私、頬に深い腫瘍ができたことがあるの」

「……」

息を呑むと、シャルロッテは担任を横目で見て言った。

「だけど、そこの男が完璧に治してくれた。だから、大丈夫よ。この私が言うことを信じられない訳？」

「……」

茫然と立ちすくんだままのエレノアに、担任が一歩近づいて言った。

「俺の意見を無視して話が進んでる気がするんだが、まあいい。エレノア、お前は教師が信用できないんだよな」

「そ、そうよっ。教師なんて——」

「教室で生徒を前にした時の俺は教師だ。教師としての俺は信用しなくてもいい。ぶっちゃけ俺自身、信用できないし」

めちゃくちゃなことを口にした後、担任は穏やかな口調で言った。

「だが、患者を前にした時の俺は治癒師だ。お前が患者になるつもりがあるなら、治癒師としての俺のことは多少は信用してくれ」

「エレノア……」

表情を硬くしているライアンと目が合う。ライアンは言っていた。この教師は今までとは違うと。

イリアも、シャルロッテも同じことを口にする。

怖い。怖いけれど——

今一度。

今一度だけ信じてみてもいいのだろうか。

でも——

最後の一歩が踏み出せないでいたら、シャルロッテがゆっくりと頷きながら言った。

「私もね。顔に刃物を入れるなんて絶対嫌だった。でも、もう一度元の私の姿で舞踏会で踊りたかった。だから、あなたも私たちを助けるためとか、ここから出るためとか考えなくていい。ただ、火炎魔法をもう一度使いたいのか。あなた自身のために決断しなさい」

「使い、たいっ！」

思わず腹から声が出る。エレノアは一度唇を引き結び、そして、頷いた。

「……やる。やるわ」

「わかった。本来は金を取るんだが、今は教師だから特別サービスだ」

担任は冷気の充満する食糧庫を見回して、少し早口で言った。

「時間がない。始めるぞ」

今、極寒の環境下で、一人の少女の手術が始まる。

＋＋＋

「イリア、助手をやってくれるか」

「は、はいっ」

食糧庫内にあった木箱を並べて即席のベッドを作り、エレノアを寝かせる。

向かいに立ったイリアと目を合わせ、ゼノスは横たわった少女に語りかけた。

「右腕を見せてくれ」

「……」

エレノアは若干の逡巡を示しつつ、袖を肩口までまくり上げた。

手首から上腕にかけて広範な火傷痕がある。表皮が剥げ落ちて、赤い皮膚がヒダ状にただれており、一部は黒ずんでいる。

生徒たちの息を呑む音が聞こえるが、誰も言葉を発しようとはしない。

――さて、どうするか……。

腕ごと切り取って再生することもできなくはないが、繊細な魔術を操る魔導士にとって、魔力を放つ腕は非常に重要だ。血管や神経の走行が少し異なるだけで、感覚が変わり魔力の伝導にも影響する。特にこれだけ寒い状況だと細胞の回復機能も限定されるだろう。

であれば傷は極力小さくし、再生する範囲を最小限にしなければならない。

「《執刀》」

白く発光する魔力の刃物を手に、ゼノスは言った。

「エレノア。準備はいいか」

「だ、大丈夫」

エレノアはそう答えるも、唇が青く変色しているのは、寒さだけのせいではないだろう。

いつも使う眠り薬は持参していなかったので、手術は覚醒状態で行うことになる。魔法で痛みは感じさせないつもりだが、十代の少女には恐怖感が大きいだろう。

ゼノスは後ろで心配そうな顔をしている大柄な男子生徒に言った。

「ライアン、エレノアの左手を握っておいてくれ」

「はっ？　な、なんで俺がっ」

「クラスメイトだろ？　イリアには手術を手伝ってもらうし、急に動いた時に押さえてもらうためにも力のあるお前がいい」

「……」

ライアンは口をもごもごと動かした後、エレノアのそばにやってきた。

「し、仕方ねーな。エレノア、握るぞ」

「…………ん」

エレノアはそっぽを向いたまま左手を差し出す。ライアンがその手を取った。

この冷気にかかわらず、心なしか両者の頬が少し赤くなっている気がする。

「どうしたんだ、イリア。なんかにやにやしてないか」

「あ、いえっ、そんなことありません」

「……ま、いいや。じゃあ今度こそ始めるぞ。《治癒(ヒール)》！」

エレノアの右腕全体が白い光に包まれる。

ゼノスは一度深呼吸をして、メスの刃先を火傷と正常皮膚の境界に当てた。

火傷の深さを確認しながら、表皮、その下の真皮と肌を切り開いていく。傷口を素早く防護魔法で保護して、疼痛(とうつう)と出血、感染リスクを最小限に抑える。そして、すぐに回復魔法に切り替え、削った皮膚の部分を再生していく。

白色光がきらきらと瞬きながら辺りを舞い、皆の吐く白い息と合わさって幻想的な光景が室内に広がっていた。

「すごい……」

向かいで微小な出血をハンカチで拭き取っているイリアが小さく呟いた。だが――

「まいったな……」

ゼノスは一度手を止め、右腕をぐるぐると回した。一旦メスを消し、指を何度も開閉する。

時間とともにメスさばきが鈍っていくのを感じる。これまで様々な治療をしてきたが、さすがにこれほど寒い空間で手術をしたことはなかった。指先がかじかんで思ったように動かない。

「ゼノ先生」

すると、目の前のイリアが、緊張した面持ちで言った。

「よ……よかったら、手を握りましょうか」

「ん?」

「あ、いえっ、変な意味ではなく。温めたほうがいいのではないかと。助手として何かお手伝いができれば……」

「ああ、なるほど。できるなら助かるが」

イリアはよく見ている。治癒師としては必要な能力だ。

右手を前に出すと、イリアは恐る恐るその手を取った。

「これが……治癒師の手」

「何言ってるんだ？」

「あ、す、すいません。なんだか感動して」

「ちょ、ちょっと待ちなさいよ、イリア。わ、私も――」

なぜか慌てた様子のシャルロッテが、残った左手のほうをぐいと掴んできた。

ひんやりとした冷たい感触が指先に絡まる。シャルロッテは顔を反対側に向けて言った。

「か、感謝しなさい。この私に触れることができるなんて、本来は百回生まれ変わっても起きえないことなのよ」

「ああ、感謝するよ……って、なんでまたにやついてるんだ、イリア？」

「い、いえ、なんでもありませんっ」

今、患者であるエレノアの手をライアンが握り、術者である自分の両手を二人の女生徒が握っている。傍から見ると、訳のわからない状況だ。

しかし、おかげで指先に少し熱が戻ってきた。

「ありがとう、二人とも。なんとかいけそうだ、中断して悪かったな。エレノア」

二人が手を離すと、ゼノスはもう一度両手の指を何度も開閉した。

深呼吸をして、再び患者に向かい合う。

生徒のおかげか、その後は手術へ没頭できた。

指先と傷跡のみに意識を集中し、いつしか寒さすら忘れていく。

治癒魔法と、組織保護のための防護魔法。

白と緑の光が折り重なって明滅し、空間を鮮やかに彩った。

誰も言葉を発さない。瞼を閉じて耐えているエレノア以外は、およそこの世のものとは思えないゼノスの絶技に目を奪われているのだが、誰かが声を上げたとしても気づかないほどにゼノスの意識は火傷に没頭していた。

末梢神経の一本、毛細血管の一本にまで気を配り、あるべき姿へと近づけていく。

そうして――

手術は無事に終わった。

「嘘……信じ、られない」

すっかり綺麗になった右腕を見て、エレノアは茫然と呟いた。

ゼノスは首と腕をまわしながら、笑って言った。

「こんな状況でよく頑張ったな。動かないでいてくれたから予想より速く終わったよ」

「あの、先生……私は、あの」

エレノアは再生した腕を左手で押さえたまま、ゼノスを見て言葉を詰まらせる。

ライアンがにやりと笑った後、エレノアの肩を軽く叩いた。

「悪いが感動に浸ってる暇はねえぞ。お前にはまだ大事な目標が残ってんだろ」

「……」

エレノアはライアンを見つめると、唇を引き結んでゆっくりと頷く。

「……やるわ」

エレノアは簡易ベッドの上で起き上がり、床に降り立った。

心臓がうるさいほどに音を立てているのがわかる。

火炎魔法。

フレイザード家の当主たる者の資格。

腕は違和感なく再生しているが、不安はあった。もう何年も魔法を使っていないのだ。

暴発の記憶が脳裏をよぎり、全身がわかりやすく震え始める。

もしこれでも魔法が使えなかったら――

その鼓膜を担任の穏やかな声が揺らした。

「大丈夫だ。魔法の出力はできなくても、魔力を錬成する練習はずっとしていたんだろ」

エレノアは赤い瞳をわずかに見開く。

「ど、どうしてそれを」

「朝の裏庭で会った時、魔素の乱れを感じたって言っただろ。体内の魔力に魔素が共鳴した証拠だ。

そこまでできれば後は放出するだけだ」

クラスメイトたちも後に続く。

「ま、お前ならなんとかなるだろ」と、敢えて明るく言うライアン。

「エレノアさん、きっといけます」と、両手の拳を握ってみせるイリア。

「よくわかんないけど、考えすぎなんじゃないの？」と、面倒臭そうに言うシャルロッテ。

「ぷっ」

エレノアは思わず噴き出した。ライアンが不満げに眉根を寄せる。

「おい、せっかく励ましてやってんだろ。なんで笑うんだよ」

「いや、だって、落ち着いた顔してるけど、みんな唇が紫色なんだもの」

なんだか、いい人たちだなと思った。

今にも凍えそうな状況で、火炎魔法を待ちわびているはずなのに、誰も無理に急かしてきたりはしない。魔法が使えなくなってから、ずっと居場所を失ったように感じていたけれど、殻を作って閉じこもってのは自分のほうだったのかもしれない。

エレノアはおもむろに両手を上に掲げた。

目をゆっくりと閉じ、精神を集中させる。今胸の中に芽生えた温かな気持ちを、焚き火を大きくするように少しずつ膨らませていく。微熱を帯びた魔力が、完璧に再現された腕の、神経や血管を巡って手の平に集まっていった。

そして――

「《火炎輪》！」

これまでの鬱屈した思いを全て吐き出すように、エレノアは詠唱を口にする。

直後、深紅の光が両手の先で渦を巻き、それは赤々と燃える炎へと変容した。

火球は一つ、二つ、と数を増やし、空中でゆっくりと円を描く。

「で、できた……？」

エレノアは燃え上がる炎を、信じられない思いで見つめる。

「できた……できた……できた、んだっ……」

その両の瞳から、とめどなく涙が零れて床へと落ちた。

冷気舞う白銀の食糧庫に、温かな暖色の空間が誕生する。

「おお、あったけえっ」

「い、生き返ります……」

「ま、なかなかやるじゃない」

それぞれに感想を言うクラスメイトたちを眺めた後、エレノアは頬を拭って担任に頭を下げた。

「あの……私、これまで……その、ご、ごめんなさい」

「謝られるほど迷惑かけられた記憶はないが――」

担任はぽりぽりと頭を掻いた後、少し笑って軽く右手を上げる。

「人生相談に応えられたならよかったよ」

ライアンとイリアも釣られるように右手を掲げた。

シャルロッテは周りを見た後「どういう儀式よ、これ」とほんのわずかに手を挙げる。

エレノアは彼らと控えめにハイタッチをかわした。

どの手も氷のように冷たい。

だけど、それは殻に閉じこもっていた時に、形だけ差し伸べられたどんな手よりも、温かく感じられた。

「あぁ、やっと出られた」

ゼノスと四人の生徒がようやく極寒の環境から脱出した時には、既に時計の長針が二周ほど盤を回っていた。

結界の解除は専門ではないため、ゼノスは正規の扉から出るのは早々に諦め、巨大化させたメスで横の分厚い壁を地道に削っていくことにした。エレノアが火炎魔法で時間を稼いでくれている間に、なんとか地下通路まで道を繋ぐことに成功する。

「全員無事だったのは何よりだが、これ結構な損害額になりそうだな」

ゼノスは破壊した壁を見てぼやいた。

脱出路を作ったため壁の一部がごっそり壊れている。冷気が外に逃げないように、可能な限り瓦礫で塞いだがこのまま放置できる状態ではない。

シャルロッテは栗色の髪の毛を手の甲で払う。

「気にしないで。この程度の損害ならフェンネル家がなんとかするわ」

「おお、さすが」

「学園の壁ごときと、この私の安全。どちらが重要か考えるまでもないでしょう」

「ああ、そうだな」

「そうだな」

「そうね」

「そうですね」

「って、流す人数が増えてるじゃないの。それにイリアっ、ひそかに便乗したわね」

「ご、ごめんなさいぃ、流れでついっ……」

「ったく。Ａクラスのメンバーだって、この私にそんな態度は取らないわよ。本当に変わったクラスなんだから」

シャルロッテは一同をじろりと睨んで肩をすくめる。

段々慣れてきたのか、それほど怒っている様子はなさそうだ。

「ゼノ先生、事故のこと学園側に報告したほうがいいですよね？」

「ああ、本来はそうしたほうがいいんだろうが……」

イリアの問いにゼノスは頷きつつ、食糧庫の入り口を振り返る。

「何か気になることがあるんですか？」

「ああ、いや。どうして入り口が閉まったんだと思ってな」

「建て付けに問題があって、勝手に閉まりやすくなってるって聞いたわ」

エレノアが横から口を挟んだ。

ゼノスは腕を組み、しばし虚空を眺め、生徒たちに言った。

「報告はちょっと待ってくれるか。一つ確かめたいことがある」

それから間もなくして、学園の地下に人影が現れた。

影は辺りの様子を窺いながら、足早に食糧庫のそばに近づく。扉の脇にある数字盤を操作すると、盤がぶぅんと唸り、青色の光を発した。

分厚い食糧庫の扉が、軋みながら左右に開き始める。

影は一度中を覗き込み、恐る恐る内部へと足を踏み入れた。

白い靄と冷気が漂う広大な空間を、ゆっくりと進みながら、周囲に首を巡らせる。

寒さに腕をさすりつつ、食糧庫の奥へ奥へと歩いていった。

通路。棚の後ろ。曲がり角の向こう側。丹念に内部を観察しながら、影は小さく首をひねる。

おかしい。ここにあるべきはずのものが見当たらない。

もっと奥だろうか。

不思議に思いながら足を進めようとする。

異変に気づいたのはその直後だった。

遠くで異音がする。まるで重たい何かが動いているような――

「……まさか」

嫌な予感がする。影は急いで踵を返すと、うっすらと霜の降りた通路を猛然と駆け出した。

大きく吸った息に含まれる冷気が、喉の奥を痛いほどに刺激する。

だが、そうやって食糧庫の入り口にたどり着いたのは、ちょうど扉が音を立てて閉じたのと同時だった。

「なんでっ」

影は冷たい扉に手を押し当てて呻いた。薄着で来たため、全身が凍えるほどに冷え切っている。

しかし、すぐに胸に手を置き、その場で何度か深呼吸を繰り返した。

大丈夫だ。焦る必要はない。

事故で閉じ込められた時のために、この扉は中からも開けられるようになっている。

指先の動きを確認しながら、扉の脇にある数字盤を順番に押していった。

やがて盤が青く発光し、ゆっくりと扉が開き始める。

「うわっ」

安堵の息は、驚きの声に取って代わられた。

開いた扉の、すぐ目の前に漆黒の外套をまとった男が仁王立ちになっていたからだ。

その男は、影をどこか悲しげに見つめると、静かにこう言った。

「俺達を閉じ込めたのは、あんただったんだな、ハンクス」

食糧庫から出て来たのは、ブラウンヘアーを撫でつけた爽やかな風貌の男だった。

Dクラス担任であり同僚教師のハンクス。

「ゼノ先生、ど、どうしてっ」

両眼を見開いたハンクスの顔には、驚愕の色がありありと浮かんでいる。

ゼノスは相手の態度とは正反対に、淡々とした口調で言った。

「俺が無事に食糧庫を脱出していて驚いたか？」

「え……あ、いや」

ハンクスはごほんと咳払いをする。

「な、なんの話ですか？　急に現れたんだから、びっくりしたんですよ」

「猿芝居はやめにしないか？　俺たちを閉じ込めたのは、あんただろ」

ハンクスは首の後ろに手を回し、おおげさに溜め息をついた。

「やだなぁ……変な言いがかりはよして下さいよ。俺は食糧庫の様子が気になって見に来ただけですよ。在庫が足りなくなると教頭にどやされるんだから」

「違うな。閉じ込めた相手がちゃんと凍死してるか確認しに来たんだろ。もしそういう奴がいるなら、必ず様子を見に来ると思って隠れて待ってたんだ」

「……」

無言のハンクスに、ゼノスは腕を組んで言った。

「あんたはエレノアに食糧庫の扉の建て付けが悪くなってて閉じ込められかけたと言ったんだろ？　俺を閉じ込めるようにあいつをけしかけたんだな。ただ、エレノアが成功すればよかったが、他のクラスメイトが偶然ついてくることになった。だから、後をつけていたお前は仕方なく全員をまとめて閉じ込めることにした」

「ゼノ先生。ちょ、ちょっと待って下さい」

　ハンクスは相手を落ち着かせようとするように両手を前に向ける。

「さっきから何を言ってるんですか。エレノアとは確かにそんな話をしましたけど、ただの世間話ですよ。というか、生徒も食糧庫に閉じ込められたんですか？　彼らは今どこに？」

「衰弱が激しくて、医務室に運んだところだ」

「医務室……」

　ゼノスはハンクスから目を逸らし、今しがた開いたばかりの食糧庫の扉に視線を向ける。

「あんたはエレノアに食糧庫の扉の建て付けが悪くなってて閉じ込められかけたと言った。でも、この扉って魔導具で制御されてるんだよな。勝手に閉まることなんてあるのか？」

「調子が悪ければそういうこともあるんじゃないですか？　現に今だって俺は閉じ込められましたよ」

「今のは俺が外側から操作して閉めたんだ。あんたが俺たちにやったようにな」

「だから、俺は閉じ込めてなんて……って、今のはゼノ先生が閉めたんですか？　なんでっ？　凍死でもしたらどうするつもりだったんですか」

　驚いて言うハンクスを、ゼノスは目を細めて見つめる。

「でも、無事に出てきたよな」

「そ、そりゃそうですけどっ」

「中から出るための装置は壊れてるんじゃないのか？」

「……っ！」

ハンクスが目を剥いた。

「あんたはエレノアにそう言ったんだろ？　建て付けが悪くて扉が勝手に閉まる。中から出る装置も壊れている。そう言って、エレノアが俺を閉じ込めるよう誘導した」

しかし、それは嘘(うそ)で、本当は中から出る際の暗証番号だけ変えていた。

「それを今あんた自身が証明した。寒さを恐れたあんたは、壊れているはずの装置を使ってあっさり外に出てきたからな」

「……」

そしてこれは想像だが、おそらくハンクスは食糧庫の温度設定も変えていたと考えられる。より低く、中の者がすぐに凍えるように。

開いたままの食糧庫から、肌を刺す冷気が地下通路に漏(も)れ出していく。

ハンクスの表情は変わらないのに、目の奥に宿る光だけが暗く陰った気がした。

男は無言で周囲を確認した後、やれやれと肩をすくめる。

「……困ったな。おたくにはここで退場してもらう予定だったのに」

「お前の目的はなんなんだ？」

「Fクラス…………邪魔なんだよなぁ」

ハンクスは暗い瞳(ひとみ)のまま、虚空を見上げてぽつりと呟いた。

「完璧(かんぺき)な学園に、ああいう不良品はいらない。そう思わないか？」

「それと俺を閉じ込める話とどう関係するんだ？」

「察しが悪いなぁ。担任はおたくで五人目なんだ。あのクラスはこれまで四人の担任を追い出している。そのたびにクラス全員に最大十点の落第点がついているんだ。担任を追い出すなんて学園の生徒にあるまじき行為だからな」

「は？　なんだよ、それっ」

柱の後ろから声がした。隠れていた生徒たちが慌てた様子でぞろぞろと出てくる。

ハンクスはイリア、ライアン、エレノア、シャルロッテの姿を認め、浅く溜め息をついた。

「……医務室ってのは嘘か、やってくれたな」

殺意と言っても過言ではない暗い光が、その瞳に宿っている。

ライアンがハンクスに食ってかかった。

「おい、俺たちに落第点が四十点ついているなんて初耳だぞ。落第点が出た時は生徒に伝えられるルールだろ」

「担任から伝えるルールだ。その担任を追い出したんだから伝えられなくても仕方がない」

冷たく言い放つハンクスを見て、ゼノスはぽんと手を叩いた。

「そうか、やっとわかった。それで五人目の俺が追い出されれば晴れて全員退学ってことか」

一年で落第点が五十点に達すれば退学。

四人の担任を既に追いやったことで、Ｆクラスの生徒は全員最低でも四十点がつけられている。五人目の担任であるゼノスが追い出されれば、更に十点の落第点が加算され、クラス全員が退学ラインである五十点に到達する。

ずっと抱えていた違和感の正体がようやく判明した。

四人の担任の失踪。それはこの男が意図したものだった。

学園ルールに則って、不良品であるFクラスを全員退学にするために。

「生徒ごと閉じ込めるなんて随分無茶をやると思ったが、時間がなくて焦ってた訳か」

退学の基準は一年以内に落第点が五十点に到達することだ。

そして、レーデルシア学園の一年は十月から七月まで。あと数日で期限を迎える。

ハンクスは侮蔑を込めた視線をライアンに向けた。

「一市民として、この国の支配層にはもっと完璧であって欲しいんだ。出来損ないが貴族というだけでえらそうな顔をしているのが許せないんだよ」

「てめえっ！」

「今までの担任追い出し事件も、お前が裏で動いてたってことだな」

ゼノスは今にもハンクスに飛び掛かろうとするライアンを片手で制して言った。

ハンクスはあっさりと首を縦に振る。

「その通り。新しく来た担任にはFクラスが不良品の集まりだと吹き込み、対立を煽る訳だ。生徒の教科書を捨ててクラス内を不穏にしたり、教壇にナイフを仕込んだり、さりげなく嫌がらせのやり方を示唆したりな。今回もエレノアの机に新聞を仕込んだり、食糧庫のことを伝えたりと色々と骨を折ったよ」

「え、私の教科書を裏庭に捨てたのはハンクス先生だったんですかっ？」

「ぜ、全部あんたがっ！」

驚愕するイリアと、憤るエレノア。

ゼノスはハンクスの全身に漂う不穏な気配を見て、確認するように言った。

「で、生徒の嫌がらせでも担任が退場しない場合は、あんたが実力行使に出る訳か」

「おお、わかる？　今度は察しがいいな。しぶとい教師には、俺が直接動いてひそかに退場してもらい、責任は生徒になすりつける訳だ。そういえば言ってたっけ？　俺の専門、格闘術だって」

ばきばきと拳を鳴らしながら、ハンクスが近づいてくる。

作り物めいた笑み。瞳の奥の陰は一段と濃くなっていた。

「待てよっ。結局、お前が裏で動いてたってことだろ。だったら落第点だって無効だ」

ライアンが声を荒らげるが、ハンクスは薄く笑うだけだ。

「本当に馬鹿だなぁ。話を聞かれた以上、ハナから無事に帰すつもりはないんだよ。元々は貴族の子供に危害を加えると面倒だから、担任だけを標的にしていた。だが、今日お前達を尾行していた時ふと気づいたんだ。いっそこのまま全員閉じ込めれば邪魔な問題児も一掃できるってな。凍死体を素早く処理して、担任はFクラスの嫌がらせで退職、主犯格の生徒たちも同時に失踪したことにすればいい」

「無茶苦茶だ」

「残念だよ、ゼノ先生。おたくとは分かり合えると思っていたが。この学園に来て、貴族と市民の階級差がいかに大きいかわかっただろ？　せめて無能な貴族には退場してもらう。それが正しい教育だ」

　ゼノスは近づく相手に鋭い視線を向ける。

「悪いが、階級の理不尽さに関してはあんたよりわかってるつもりだ。ただ、あんたの教育方針には賛同できないな」

「ほざけ。無駄を排して学園の秩序を維持する。それが俺の使命なんだ」

　次の瞬間、ハンクスはゼノスに向かって駆け出してきた。

「まずは一人っ」

　鋭い手刀が、喉元（のどもと）に突き出される。

　ゼノスは体をひねってそれをかわすと、ハンクスの顎を掌底で打った。

「あがっ」

　ハンクスは呻いて、両目を見開く。

「ちっ、油断したか。身体が冷えたせいで動きが硬くなってるな」

　ぶつぶつと呟きながら、今度は低い姿勢で猛然とタックルを仕掛けてきた。

　ゼノスは横っ飛びで避け、上から首筋に向かって肘を振り下ろす。

「ごぶっ」

　ハンクスは額から床に激突し、しばし悶絶した。

　しかし、手をついて起き上がり、血の滲（にじ）んだ額を押さえる。

「ふっ、運のいい奴だ。まだ身体が温（あたた）まってないらしい」

「そうか、早く温まるといいな」

「ほざけぇっ！」

再び殺気を丸出しにして襲い掛かってくるハンクス。

しかし、能力強化魔法と防護魔法を駆使するゼノスを捉えることはできず、遂には膝をついて荒く息を吐いた。

「お、俺は王都格闘大会の準優勝経験者だぞっ。な、なんだお前はっ」

「俺はしがない治癒魔法学の教師だよ」

ゼノスは涼しい顔で答えて、生徒たちに顔を向けた。

「こいつは俺がなんとかしておくから、他の教師と近衛師団を呼んで来てくれ」

「……」

生徒たちは顔を見合わせると、一斉に踵を返した。

「ま、待てっ、行くなっ。俺は教師だっ、俺の言うことが聞けないのかっ！」

ハンクスは膝をついたまま、右手を前に伸ばして叫ぶ。

だが、生徒たちは当然のごとく立ち止まらない。振り返りもしない。

「もう、あんたの言うことは聞けないみたいだぞ」

ゼノスの言葉に、ハンクスは生徒たちが消えた地下通路を茫然と眺めていた。

そして、次第に泣きそうな顔になって呻いた。

「お、俺はこんなところでは終われない。役目を果たしていないっ……」

「……？」

直後、ハンクスはポケットに手を入れ、何かを取り出した。

それは注射針のようなもので、中に赤黒い液体が入っている。

思いつめた表情でその液体を凝視したハンクスは、静かな声で呟いた。

「もう……いいや。全部使う」

「おい、それは――？」

駆け出すゼノスの目の前で、ハンクスは注射針を突然自身の腕に突き刺した。

直後、ドクンと心臓が跳ねるような音が大きく響き――

「ああ、うううううぅぅぅっ」

ハンクスは転げ回りながら、自身の喉を掻きむしる。

「おい、ハンクスっ」

そばに寄って呼びかけると、ハンクスはふと動きを止め、ゆっくりと立ち上がった。

真っ赤に充血した眼球が、零れんばかりに飛び出しており、口の両側からは泡の混じったよだれが垂れている。手足の筋肉はどくどくと脈打ち、そのたびに徐々に肥大化していった。

肩や背中からは、中途半端な腕のようなものが隆起し、うねうねと蠢いている。

「これは――……」

「ゴアアアアアッ！」

突然の変異に目を奪われた瞬間、ハンクスが獣のように咆哮した。

そして、気づいた時には、相手は目と鼻の先にいた。

「ぐっ」

強引に頭を掴まれると、そのまま扉が開いたままの食糧庫内に投げ込まれる。

耳元で風が唸り、頭から棚に激突する。凍った食料品が辺りに散らばった。

「ガアアアアアッ！」

即座に襲い掛かってきたハンクスの振り回す手足が、まるで暴風雨のように休むことなく身体に打ち込まれる。防護魔法は発動済みだが、相手の手数が多く反撃の糸口が掴みにくい。両手を持ち上げてガードに徹しながら、攻撃の隙を探る。だが――

「ゴルアッ！」

ハンクスは食糧庫の奥にある鉄製の巨大な棚を片手で掴み、手前に引き倒した。

背丈の数倍ある什器が、そこに保管されていた食糧とともに真上から降ってくる。

凍った大量の肉や魚、それに無骨で巨大な金属の棚。

「うおっと」

咄嗟に飛びのくも、ジャンプして身を浮かした瞬間に脇腹に一撃を叩きこまれた。

「くっ」

元々の格闘術の基礎に、得体の知れない薬によって、ハンクスは力も速度も数倍になっている。

ゼノスは巨大棚の落下ルートに再び押し戻され、そのまま下敷きになった。大音量が食糧庫内に響き渡り、圧倒的な質量が全身にのしかかる。

しばらく、ふしゅるると妙な息を吐いていたハンクスは、ゼノスが死んだと見たのか、その場で踵を返した。すぐに足音が遠ざかっていく。

「しまった……」

ゼノスは棚の下で小さく舌打ちをした。勿論(もちろん)、死んではない。

ただ、防護魔法で圧死は免れているが、棚の重みで身動きが取りにくい。

ハンクスの急激な変貌。その姿はかつての孤児院院長だったダリッツの戦闘形態にも似ている気がした。そのせいで一瞬反応が遅れてしまったのだ。

あの妙な薬をハンクスは一体どこで手に入れたのだろう。

——いや、考えるのは後回しだ。

ハンクスは既に理性を失いつつあるように見える。このままでは被害が学園全体に及ぶかもしれない。日中なので浮遊体が都合よく手を貸してくれる展開は期待できず、頼りは近衛師団だが、そもそも今回のような相手は想定外だろう。

激しく身をよじりながら、ゼノスは生徒たちの顔を思い浮かべる。

「頼むから、無事でいてくれよ」

＋＋＋

その頃、シャルロッテを含めたＦクラスの生徒四名は、ようやく地上階への階段を上り切ったところだった。イリアが恐る恐る背後を振り返る。

「今、獣の鳴き声みたいな音がしませんでした……？」

ライアンも眉をひそめて耳を澄ませた。

「なんか聞こえたな……おいおい、今になって学園七不思議か？」

「とりあえず先にやるべきことをやりましょう」

エレノアが二人を促す。

確か担任は他の教師か近衛師団を呼んで来いと言っていた。

一行はまず近衛師団を呼ぶことにし、校庭へと飛び出す。Ｄクラス担任のハンクスがこれまでの教師追い出し事件を裏で誘導していたのだとしたら、学校関係者よりは別組織の者のほうが信用できるとの判断だ。

近衛師団は外部からの侵入者への警備を担当しているため、詰め所は門のそばにある。

昼休みが終わり、他の教室では午後の授業の真っ最中のようだ。

中天を過ぎた太陽の下、四人は近衛師団の詰め所を目指して校庭を横切ろうとする。

異変が起きたのはその時だ。

耳をつんざくような獣の咆哮が、辺りに響き渡った。

「えっ……？」

一同は立ち止まって振り返る。

今しがた四人が出てきたところ――すなわち校舎一階出口のすぐそばに、何かが立っていた。

手があり、足があり、胴体があり、二足歩行をしているところから人間のように思える。

しかし、全身の筋肉がはちきれんばかりに膨らんでおり、背丈は成人の倍近くはありそうだ。

「な、なにあれ……」

エレノアが絶句したのは、肩や背中から触手のようなものが飛び出しうねうねと動いているからだ。膨張した胴体の上には頭部が申し訳程度に乗っており、それは綺麗に撫でつけられたブラウンヘアーをしていた。

「ハンクス……？」

ライアンが茫然とその名を呟く。

「ゴルウウウウウッ！」

それはまるで肉食獣のように獰猛な唸り声を上げて、ゆっくりと近づいてきた。

「どうしてあんな……じゃ、じゃあ、ゼノ先生は……」

「……」

青ざめるイリアの横で、シャルロッテはきつく唇を噛み締める。

「ガアアアアアっ！」

こちらの姿を認めたのか、ハンクスが突然駆け出してきた。

「なんだあの怪物っ」

「ま、まさか魔獣っ？」

「わ、わかんないよ、そんなの見たことないものっ」

咆哮に驚いた授業中の生徒たちが、校舎の窓から次々と顔を出す。

シャルロッテが気づいたように声を上げた。

「駄目よ、戻りなさいっ！」

動くものに反射的に反応しているのか、ハンクスは急に方向転換をして、飛び上がりながら校舎の壁に体当たりをする。

轟音（ごうおん）とともに石壁に亀裂が走った。ハンクスの全身から伸びた触手が、窓ガラスを次々と割って這うように校内に侵入していく。

悲鳴、怒号、金切り声。

学園は突如ハチの巣をひっくり返したような騒ぎに包まれる。

異常を察知した近衛師団兵が、呼びに行くまでもなく詰め所から何人も駆け出してきた。

「あれはなんだ？」

警備の専門家も一様に戸惑った表情を浮かべるが、すぐに自らの職務を思い出したのか、隊列を組んだ。

「君たち、下がって！」

彼らは素早く魔法銃を構え、一斉に発砲する。

幾つもの弾丸が赤い筋を描いて、校舎の壁にとりついた異形の怪物へと突撃した。

三発、四発、五発。魔力のこもった弾がハンクスの胴体に命中し、膨らんだ筋肉を抉（えぐ）る。とりついた壁からずるりと滑り、怪物は地面へと落下。間髪入れずに無数の弾丸がそこに襲い掛かった。

だが――

「ガルルルアアアアッ！」

弾幕の奥から再び雄たけびが響き、大気がびりびりと振動する。

白煙が晴れると、そこには無傷の怪物がいた。いや、肉片は周囲に飛び散っている。

だから、無傷ではない。

再生しているのだ。

「なんだって……？」

近衛師団の団員たちが驚愕の声を上げる。

「ゴアアアアッ！」

大地を蹴って、ハンクスは敵と認識した団員たちに突進した。

「き、来たぞっ！」

「応戦しろっ」

咄嗟に接近戦の構えを取る近衛師団だが、膨張した筋肉をまとった拳一つ、蹴り一つが、常軌を逸した破壊力を伴っている。更には鞭のようにしなる触手の波状攻撃に、団員たちはなすすべなく次々と打ち倒されていった。

「おい、逃げるぞっ」

ライアンがイリアの背を押し、エレノアの手首を掴んだ。一目散にその場から離れ、そして気づいた。

「なにやってんだ！」

シャルロッテは一歩も動かず、元の場所に佇んだままだ。近衛師団は既にほぼ全員が打ち倒されている。ハンクスと思われる怪物は少しだけ周囲を警戒しているのか、低く唸りながら、ゆっくりとシャルロッテとの距離を詰めている。

ライアンは大声で呼びかけた。

「早く来いっ」

「私は、逃げないわ」

「シャルロッテ様っ」

「しまった。あいつ腰が抜けてんだ」

イリアが悲痛な声で名を呼び、ライアンはクラスメイトの元に駆け出そうとする。

「失敬ね、腰は抜けてないわよっ」

そう言いながらも、シャルロッテの声はかすれ、膝はがたがたと震えている。

それでもその場を動かず、シャルロッテは視線を校舎に向けて言った。

「ここで私たちが逃げたら、あの怪物はまた校舎の生徒を襲う。中等部や初等部の教室もあるのよ。私の学園を蹂躙させる訳にはいかないわ」

「お前の学園じゃねえだろ……って、そんなこと言ってる場合か！」

「ここから去るのは私たちではなくあいつでしょ。弱みを見せない。涙を見せない。一流の貴族の背中を見せるのも、私がFクラスに来た理由でもあるのだから」

「だからって――」

「なんとかするって言ってたわ」

シャルロッテの一言に、ライアン、イリア、エレノアは瞬きをする。

「は……？」

「うちの担任よ。こいつは俺がなんとかするからって言ってたでしょ」

「い、いや、言ってたけどよ。なんともならなかったからこうなってんじゃねえのか」

「私の頰の腫瘍を治したわ」

「……は？」

シャルロッテは殺気をまとわせて近づいてくるハンクスを睨んだまま言った。

「イリアが治癒魔法を使えるようになった」

「え……？」

イリアが両手を合わせる。

「沢山の不良からライアンを救った」

「おい……お前」

ライアンが思わず駆け出そうとした足を止める。

「エレノアはもう一度火炎魔法を使えるようになった」

「……」

エレノアが息を呑む。

「なんとかしてきたのよ、あいつはなんとかするのよっ」

シャルロッテは喘（あえ）ぐように言った。

ハンクスはもう数歩の距離まで近寄っている。全身から伸びた触手が空中で互いに巻き付き、一つに束（たば）ねられ、それがゆっくりと振り上げられた。

「しまった！」

ライアンが再び駆け出した直後、シャルロッテは虚空に向けて叫んだ。

「この私が見込んだ男なんだから、なんとかしなさいよっ！」

「ガルルルルアアアッ！」

大木のような一撃が頭上から振り下ろされ、シャルロッテは反射的に目を閉じる。

束の間、脳裏をよぎったものはなんだったか。

亡き母のこと。世話焼きの父のこと。初めて舞踏会で踊った日のこと。

そして、風にひるがえる漆黒の外套（がいとう）――

「遅くなって悪かったな。なんとかしにきたぞ」

「……え？」

――手術は無事に終わったぞ。よく頑張ったな。

頬の手術の時と同じ優しく穏やかな声が耳に届き、シャルロッテはゆっくりと瞼（まぶた）を開けた。

幻ではない。目の前には確かに担任の黒い外套が風にはためいている。

両断された触手が辺りに散らばり、怪物は呻きながら距離を取っていた。

「お、遅いわよ、私が怪我でもしたらどうするの」

泣きそうになるのをこらえながら、シャルロッテは言った。一流貴族は人前で涙を見せたりしない。それでも拳をきつく握っておかなければ、涙腺が決壊してしまいそうだ。

「ったく、無茶するな。思った以上に脱出に時間がかかった。でも、とにかく無事でよかった」

「ゼノ先生っ」

「てめえ、無事なら無事って言えよ！」

「生きてた……」

イリア、ライアン、エレノアたちもようやくシャルロッテの元へとやってくる。

担任は生徒たちを見渡して言った。

「怖い思いをさせて悪かったな。正直、俺はいまだに教師のことはわかってないし、担任の仕事が生徒の挑戦を受けるのか、雑用をやるのか、人生相談に乗るのかも曖昧だが――」

そして、Ｆクラスを退学に追い込もうとしたハンクスに向き直る。

「少なくともお前が間違っているのはわかるぞ」

＋＋＋

――とは言ったものの……。

ゼノスは距離をとったハンクスを眺める。

濁った灰色の目に理性が十分に残っているようには見えない。だから、本能的にこっちを警戒しているのだろう。シャルロッテを助けた際にメスでハンクスの触手は寸断したが、それはいつの間にか再生している。

再生能力。拍動する筋肉。うねる触手。

やはりかつて対峙した孤児院の元院長ダリッツの姿と似ている。違いは人間としての意識がどれくらい残っているかだろうか。ハンクスの変貌は妙な注射薬の作用と思われるが、あれが何でどこで手に入れたのかまではわからない。ただ、ダリッツと同じような入手経路をハンクスも持っていたということだろう。

「ガアアッ！」

「っと」

触手の一撃をメスで切り跳ばしながら、生徒や倒れている近衛師団から離れるように相手を誘導する。近衛師団は彼らが息絶える前に治癒魔法でひそかに回復させているが、今はぎりぎり起き上がれない程度に留めている。中途半端にうろうろされると守る対象が増えて面倒になるからだ。

「ダリッツの時と同じ、という訳にはいかないな……」

敵の再生能力は特殊な腫瘍細胞が注入されたせいだろう。だから、ダリッツ戦の時は敵に回復魔法をかけることで無理やり細胞を暴走させる戦略をとったが、学園では周囲に生徒が沢山いるためそんな過激な手段は選べない。

「グルルルッ！」

こっちの思惑を知ってか知らずか、さっきまで警戒感を滲ませていたハンクスが突然攻勢に転じた。全身から伸びた触手が、縦横無尽に襲ってくる。

「くっ」

あるものは切り跳ばし、あるものはかわし、雨のように降り注ぐ攻撃をいなしていく。こうなったら相手の回復能力が切れるまで攻撃し続けるしかないが、果たしてどれくらいの時間がかかるのかわからない。

次の瞬間、炎の塊がゼノスの顔の横を通り過ぎ、ハンクスの触手の一本に命中した。

後ろを向くと、紅蓮の髪の少女が右手を前に差し出していた。

「エレノア」

「先生、私も戦う」

「ガアアッ！」

ハンクスの次の一撃は当然のようにエレノアに向かう。反射的に駆け出すも、触手がエレノアに到達することはなかった。落ちていた近衛師団の剣を咄嗟に拾い上げたライアンが、それを切り飛ばしたからだ。

「あ、ありがと、ライアン」

「馬鹿っ、危ねえことすんな」

「そうだぞ、お前たちは下がってろ」

ゼノスは触手の攻撃をかいくぐりながら、肥大化させたメスをふるってハンクスを切り倒す。

すぐに二人の元へ駆け寄って注意するが、エレノアは首を横に振った。

「先生、あいつ倒すんだよね。だったら沢山いたほうがいいと思う」

「いや、そうだけど、危ないからな？」

早口で諭すがエレノアは納得しない。ライアンは額を押さえて溜め息をついた。

「うわ、お前、初等部の時の怖いもの知らずの感じが戻ってきてるじゃねえか」

「まあ、それも道理かもね。いいわ、Ｆクラスの力を見せてやりなさい」

「お前も焚きつけるなぁっ、シャルロッテ」

「ぷっ」

七大貴族の娘に突っ込むと、イリアが噴き出した。

「って何がおかしいんだ？」

「いや、こんな状況なのに先生が来たらみんないつも通りだなって。きっと安心したんだと思います」

「あのな、まだ楽観できる状況じゃ……」

再生しながら起き上がろうとするハンクスに注意を向けると、ライアンが手にした剣を掲げて自身を鼓舞するように言った。

「仕方ねぇ、女が戦ってんのに騎士が逃げる訳にゃあいかねえよ」

「お前も話を聞こうな、ライアン？」

ゼノスはわしゃわしゃと髪の毛を掻く。

「相変わらずろくに言うこと聞かないクラスだな。どうしてこうなった……」

「あんたのせいだよ」

「そうよ」

「それ以外何があるのよ」

「えぇ……」

思わぬ突っ込みを受けて唸ると、イリアがくすりと笑って言った。

「Ｆクラスってずっとばらばらでした。でも、先生が担任になってからちょっとずつまとまって。今みんな先生を助けたいって思いが初めて一致したんじゃないかと」

「……俺を、助け……？」

ゼノスは呟いて大きく溜め息をついた。

「あぁ、もうわかったよ。ただ戦闘中は絶対俺の言うことは聞け。エレノアは遠距離から火炎魔法。ライアンは女子を守りながら触手を切り落とす。イリアは隙をついて近衛師団を回復させてくれ」

「わかった」

「おうっ」

「はいっ！」

三人は勢いよく頷く。

こうなったら仕方ない。せめて近衛師団にももう一度頑張ってもらおう。途中まで回復させているから、イリアの治癒魔法の一押しで復活するはずだ。

シャルロッテがじろりと睨んでくる。

「で、私は？」

「シャルロッテは……応援だな」

「応援？　地味な役割ね」

「人はそれぞれができることがある。自分にできることをすればいい。皆の士気を高めるのはお前だからできる役割だ」

シャルロッテは腕を組んだまま、不承不承頷いた。

「ふん……まあ、いいわ。この私が応援すればそれだけで百人力でしょうしね。勝利は約束されたようなものね」

「ああ、そうだな」

「そうだな」

「そうね」

「そうですね」

「また軽く流……ってもう慣れたわよっ」

治癒魔法学の教師と落ちこぼれクラスの生徒が、互いに顔を見合わせ、視線を起き上がったばかりの怪物へと向けた。

「よし、行くぞ。Ｆクラス！」

＋＋＋

「ガアアアアアアアアッ！」

ハンクスが吠え、大気がびりびりと振動する。

同時にゼノスが地を蹴り、触手の雨を切り裂いた。

後方からはエレノアの放つ火球が、ゼノスを援護するように、次々とハンクスに襲い掛かる。

炸裂（さくれつ）する火炎魔法の間を縫うようにしてライアンが無数の触手に応戦し、その間にイリアが近衛師団の元へと駆け出した。

「なんだ、身体が異様に軽いっ」

ライアンがそう感じるのは能力強化魔法をかけているからだ。

勿論、生徒に危険が及ばないように適宜防護魔法をかけるのも忘れない。

冒険者時代はこうやってパーティを支援し、貧民街でのゴーレムとの戦闘では亜人たちを支援し、そして今なぜか貴族学園で生徒たちの戦闘を支援している。

と言っても今回はさすがに生徒に戦わせて一人後衛に陣取る訳にはいかないので、最前線に立ちながら、同時に防護魔法と能力強化魔法を駆使して、生徒がダメージを受けないよう細心の注意を払っている。

手間は大きいが、それとは別の感慨が胸によぎるのをゼノスは感じた。

懸命に、真剣に、一日ごとに彼らは成長していく。

落ちこぼれと呼ばれた生徒たちの奮闘する姿を見て、ゼノスは呟いた。

「師匠……あんたが俺たちを教育してくれた理由がやっとわかった気がするよ」

そんなＦクラスの生徒たちが戦う姿を校舎から眺めている女生徒がいた。

「ね、ねえ、すごいよ。あの人たちっ。あれ、あなたの親戚よね」

「……」

無言で窓枠を掴むのはエレノアの従妹ミリーナだった。

「お姉様、いつの間に魔法を……」

友人は興奮がちに言う。

「ミリーナ、親戚の人、火炎魔法が使えないって言ってなかった？　すごく上手だけど」

「……」

ミリーナは奮闘するエレノアの姿を見つめて呟いた。

「本当に、勝手な人……」

天真爛漫に、息を吸うように火炎魔法を使って。

ある日急に魔法が使えなくなったと思ったら、いつの間にか怪物と戦っている。

学園を守るために。必死になって。

こっちはいつもその背中を眺めるだけ。

彼女は昔からそうなのだ。

彼女はそうでなければならない。

ようやく帰ってきたのだ。私の憧れたお姉様が。

「……ばれ」

ミリーナは窓から身を乗り出して、大声で言った。

「がんばれっ、エレノアお姉様っ！」

その言葉が引き金になったように、校舎のあちこちから応援の声が上がる。

「がんばれっ、がんばれっ！」

「負けるなぁっ！」

「かっこいいぞ、お前らっ！」


その声援は、怪物化したハンクスに向かい合うFクラスの生徒の耳にも届いた。

「おいおい、まじかよ」と、ライアン。

「お、応援されたのなんて初めてです」と、イリア。

「まだ、油断したら駄目」と、エレノア。

「ま、当然ね。この私が率いるクラスですもの」と、シャルロッテ。

「担任は一応俺だぞ？」

ゼノスはぼやいて、体勢を整える。

Fクラスの生徒に、イリアの治癒魔法で復活した近衛師団が加わり、ハンクスは次第に劣勢へと傾いてきた。触手の再生能力が徐々に落ち、肥大化していた筋肉は徐々に張りを失ってきている。

「俺、は、ガアアアッ！」

それとともに、言葉の断片が発されるようになってきた。

ゼノスは巨大化させたメスを手に、ハンクスに身体を向ける。

「完璧な学園に不良品はいらない。あんたはそう言ってたな」

「う、ル、サイっ」

「だけどよく見ろ。今学園の脅威に立ち向かってるのはそういう奴らだぞ」

「不良、品、ハ、消えロォォッ！」

最後の抵抗とばかりに、触手が襲い掛かってくる。

「俺は素人だからよくわからんが、完璧な人間を作るのが教育じゃないだろ」

徐々にハンクスと距離を詰めるゼノス。

迫りくる触手の雨はエレノアが焼き、ライアンが切り、近衛師団が打ち払ってくれる。

ゼノスはメスを構え、体勢を低くして駆け出した。

「俺はまともな人生を送ってないし、常識も知らないし、できるのは治癒魔法くらいで、防護魔法も能力強化魔法もなんとなくで使ってるし。それだけ不完全でも結構楽しくやってるぞ」

「クル、ナ、来るナッ！」

触手による連撃。しかし、その一本一本は随分と弱弱しいものになっている。

ゼノスはメスを振るってそれらを切り払った。

「ハンクス、教育ってのは不完全でも楽しく生きられるようにするものなんじゃないか」

「お前ハ、お前は、一体なンだァァァァッ！」

絶叫する怪物の、すぐ目の前に、ゼノスは立った。

「【教師】だよ。今だけはな」

白色の刃を横に一閃。

ハンクスは断末魔の呻き声を響かせて、膝をついた。

そのままぐらりと後方に仰向けに倒れる。

腫瘍細胞の再生機能はわずかに残っているようだが、今与えた深い傷が治るにはまだ時間がかかりそうだった。

ゼノスは横たわったまま荒く息を吐くハンクスを見下ろした。

「一応、急所は外している。その傷を治すのに最後の再生能力を使い切る感じだな。それまで深く反省しながら寝てろ。で、後は近衛師団にお任せだ」

ハンクスは茫然と校舎を見上げる。

「なぜ、殺さな、い……俺、は――」

「なぜって、そりゃ――」

ゼノスは互いにハイタッチをかわす生徒たちを振り返って、肩をすくめた。

「生徒の前だからな」

+++

「うお、すごい、すごいっ。やりましたぞ、あの男っ」

戦いの一部始終は、学園最上階にある学園長室からも眺めることができた。

教頭のビルセンは諸手を上げて喝采した後、我に返ったように咳払いをする。

「す、すいませんっ。取り乱してしまいました」

「構わないよ。学園の危機が救われたのだから」

学園長のアルバート・ベイクラッドは窓の前に立ち、涼やかに微笑んだ。

「よくやってくれたね、彼は」

「え、ええ。憎々しいですが、大した男だと認めざるを得ないかもしれません。なんせあの男、どれだけ雑用を与えようが全く怯む様子がなく、しかも専門業者も真っ青な出来栄え。あれほど雑用力の高い男を、このビルゼン、かつて見たことが――」

「違うよ、ビルゼン教頭」

学園長は爽やかな笑顔のまま、ゆっくりと首を横に振った。

「よくやってくれたのは、ハンクス先生さ」

「え……？」

「まあ、やり方には大いに無理があったけど、結果は及第点かな」

瞬きをする教頭に背を向け、アルバート・ベイクラッドは窓ガラスをとんとんと指でたたく。

「これで、Ｆクラスは全員退学だ」

第六章

七大貴族の少女

「全員、退学……？」

怪物騒ぎの翌日、ゼノスたちＦクラスは学園長室に呼ばれた。

てっきり労いの言葉をかけられるのかと思っていたが、最初に告げられたのがその一言だった。

「ええと、よくわからないんだが……」

首を傾げるゼノスに、学園長はにこやかな表情で言った。

「いやぁ、それにしても大変だったね。学園を預かる者としては、死人が出なくて一安心だ。その点は感謝しているよ、ゼノ先生」

「いや、それはいいんだけど――」

「ちょ、ちょっと待ってくれよ。俺らのおかげで学園は救われたんだろ。それでなんで退学なんだよっ」

横に立つライアンが、前に飛び出して学園長の執務机に勢いよく両手をついた。

学園長はにこやかな表情を崩さずに口を開く。

「本当に素晴らしい活躍だった。実は表彰も考えていたんだ」

「だ、だったら――」

「でも、残念ながら落第点が五十点に達してしまった」

「は……？」

言葉を詰まらせるライアンに、学園長は表情を曇らせて言った。

「君たちはこれまでに四人の担任を追い出したことで、既に落第点が四十点ついていた。それは知っているかな？」

「そ、それは聞いたけど、そもそも全部ハンクスの仕業で――」

「そのハンクス先生が行方不明なんだ」

「は……？」

再び固まったライアンに、学園長は小さく溜め息をついてみせた。

「しかも、君たちが彼に危害を加えていたという目撃情報がある。よって、ハンクス先生を追い出した罰で落第点が更に十点加算。晴れて五十点だ。惜しかったね。あと数日で今年度が終了。落第点もゼロに戻ってFクラスも解散予定だったのに」

「待てよっ。危害っていうか、ハンクスの野郎が怪物で――」

「あの怪物がハンクス先生？　ははは、そんな話を信じろというのかい？」

爽やかな笑顔には一点の曇りもない。

それが妙に空恐ろしく感じられた。

イリアが手を挙げながら、恐る恐る前に出てきた。

「で、でも、学園長。怪物は近衛師団の人たちが連れて行ったはずです。確認してもらえば、あれがハンクス先生だって――」

「それが、怪物は近衛師団の元からも行方不明になっているらしいんだ」

「え、ど、どうしてっ……」

絶句するイリアを一度振り返り、ゼノスは言った。

「なるほどな。全部を操(あやつ)っていたのはあんただったのか」

「……」

学園長は肯定も否定もせず、わずかに微笑(ほほえ)んだだけだ。

だが、そう考えれば納得はいく。

そもそもFクラスを作ったのは学園長だ。

その目的は全員を退学に追い込むため。

七大貴族という圧倒的な権力でハンクスを裏から操り、次々と担任を追い出させる。

ハンクスが使った妙な薬も、七大貴族なら手に入れられる可能性が高い。

皆の視線を受け、学園長はわずかに背筋を伸ばした。

「確かに……我がベイクラッド家は貴族社会の秩序を守る存在。子供が退学になれば家名に傷がつき、次の階級調整会議で君たちの家は貴族資格を剥奪(はくだつ)されるかもしれない。増えすぎた貴族の枝刈りにはちょうどいいだろうね」

「あ、あんたっ。初めからそのつもりでっ」

今度はエレノアが前に飛び出す。

いきり立つＦクラスの生徒たちを前に、学園長は淡々と言った。

「だけど、裏で操っていたというのは心外だな。僕は指示も命令もしていない」

「どういうことだ？」

眉をひそめるゼノスに、学園長は軽く伸びをしながら答えた。

「ただ、呟くだけだよ。Ｆクラスが保護者から大きな不満が出ない程度にうまい具合にルールに則って退学になってくれたらいいなぁ。怪物の身柄が近衛師団に押さえられたままだと困るなぁ。ただの緩い願望だけど、なぜかそれが現実になる。例えば、かつて地下ギルドから手に入れた妙な薬を誰かが誰かに横流しをしたのかもしれないけど、真相は藪の中。誰がどう動いているのか、僕にも与り知らぬことだ。でも、それは実現する」

……これが力だよ、と七大貴族ベイクラッド家の次期当主は言った。

短く、単純な一言だ。

しかし、それは下級貴族の生徒たちを絶望させるには十分な一言だった。

重苦しい沈黙の中、それを打ち破るように一人の少女が前に進み出た。

「異議があるわ」

栗色の髪がふわりと揺れ、甘い香りが室内に漂う。

学園長はわずかに目を細めた。

「やあ、シャルロッテ。怪物の件では君も大活躍したみたいじゃないか。大したものだ」

「話を逸らさないでくれる？」

「世間話で場を和ませようとしたんだけどね。それじゃあ聞こうか」

「私のことを忘れてもらっては困るわ。私は今Ｆクラスの生徒よ。Ｆクラス全員が退学ということは私も含まれているということ。まさかこの私を退学にする気じゃないでしょうね？」

「……」

同じ七大貴族であり、許嫁でもある少女を、学園長は黙って見つめる。

そして、にこやかに言った。

「心配には及ばないよ。君の正式な所属はＡクラスだ。いつでも君の意思でＡクラスに戻れる。退学が決まる前に、Ａクラスに戻ると宣言してくれればいい」

「聞こえてなかった？　私はＦクラスの生徒だと言ったの。今年度が終わるまではね」

「……」

学園長の瞳から初めて笑みが消えた。

今年度が終われば落第点はリセットされ、期間限定のＦクラスも解散となる。

すなわちＦクラスの全員退学もなくなってしまう。

「ふぅん……驚いたな。君が下級貴族の肩を持つなんて。このクラスでは君はお客様に過ぎないんだよ」

「しばらくはそうだったと思う。でも、毎日お茶をして、からかったり、からかわれたりして、一緒に一つのことに立ち向かって。そんな経験はＡクラスでもなかった。だから、今はお客様とは思っていないわ。クラスメイトよ」

「シャルロッテ……」

ゼノスは七大貴族の少女の横顔を見つめる。

Ｆクラスの生徒たちも、固唾を飲んで成り行きを見守っていた。

互いを直視するシャルロッテと学園長。やがて、学園長は嘆息して肩をすくめた。

「……仕方ない。ここは引こうか。こんな場面で七大貴族同士が争っても益はないからね」

場の空気が弛緩しかけた瞬間、「だけど――」と学園長は続けた。

「これを知っても同じことが言えるかな？」

学園長はおもむろに立ち上がって、ゼノスを指さす。

「君たちが先生と慕っているこの男が、貧民に繋がっているとしても」

「……っ！」

ゼノスは目を開き、生徒たちが途端にざわつき始めた。

混乱する生徒たちをどこか満足げに見つめて、学園長は言った。

「ま、本当のところはわからないけどね。ただ、ゼノ君を採用するにあたって、少し君のことを調べさせたんだ。ほとんど情報らしい情報がなくて逆に不思議だったけど、君が王立治療院のゴルドラン派閥にいた時、怪我をした亜人に助けを請われてパーティを抜け出したという情報がようやく見つかった。亜人の多くは貧民だからね」

「ああ、あの時か。それを知っていて俺を採用したのか」

「いつか何かに使えるネタかと思ったんだけど、意外なところで役に立ったね。随分と軽率な行動をとったものだ」

ゼノスはぼりぼりと頭を掻いた。

「命がかかってたんだ。少しも軽率とは思わないな」

「貧民の命だよ。軽いものじゃないのかい？」

「価値観の相違だな。あんたは命の重さを測ったことがあるのか？　ないなら一度その手で抱えてみろ。結構重いぞ」

「……」

黙って佇む学園長を、ゼノスは正面から見つめる。

「何度同じ場面に遭遇しても、俺は同じ選択をするよ。俺は俺にできることをするだけだからな」

「君は一体何者なんだい？」

学園長の問いに、ゼノスは生徒たちを見渡して、はっきりした口調で言った。

「そうだな。最後にはちゃんと言おうと思ってたんだが……貧民に繋がりがあるっていうか、俺自身が貧民の出身だ。ゼノってのは通称で、正しくはゼノスだ」

「えっ……！」

シャルロッテが絶句し、生徒たちの間からも悲鳴にも近い声が上がった。

ハーゼス王国の見えざる民。捨てられた階級。

特に支配層の貴族にとっては完全に視界の外にいる存在が、クラスの教壇に立っていた。

「おや、いいのかい？　そんな大それた告白をして」

どこか余裕を滲ませる学園長に、ゼノスは淡々と答える。

「元々は余計なことを口にするつもりはなかったんだが、教師をしばらくやってみて考えを変えた。勘違いさせたままってのはよくないよな」

パニックに陥りそうな生徒もいる中、のんびりした調子で口を開いたのはライアンだ。

「いや……つーか、今さらじゃねーか？　育ちが悪いって言ってたし、訳わかんねー真似するし。どう考えても堅気じゃねーだろ。やっぱそうかって感想以外ねーんだけど」

続いて手を挙げたのはイリアだ。

「わ、私も。ゼノ先生、絶対普通じゃないと思ってました。やっと謎が解けて、ちょっと安心しました」

エレノアも平然とした様子で話題に乗った。

「確かに市民出身とは一言も言ってないし、ハンクスが怪物になった驚きに比べたら、担任が貧民だったとかもはやどうでもいいわ」

「お前ら……」

だが、シャルロッテは一人思いつめた顔で立ち尽くしていた。

「私を、騙していたの？」

「すまない。そういうつもりはなかったんだが」

食糧庫の前で、素性についていつか話す、とは言ったが、このタイミングになるのは想定していなかった。

「……もう、いいわ。帰る」

シャルロッテはそのまま振り返ることなく、学園長室を出て行った。

ドアが無機質な音を立てて閉まり、ライアンは学園の責任者を睨みつける。

「筋書き通りで満足かよ、学園長」

「口の利き方には気をつけたまえ――と言いたいところだけど、今は寛大に対応しよう。誤解して欲しくないのは、僕は君たちに対して悪意も敵意もないということだ。ただ、貴族社会の秩序と均衡を保つことを常に優先しているとだけ答えておこう」

学園長は再びにこやかな表情に戻って言った。

「さて、終業式まであと二日。彼女がAクラスに戻ると宣言した直後、予定通り君たちは退学だ。せっかくだからゼノ先生も任期までは勤めるといい。君のクラスがどうなるか、一緒に見届けようじゃないか」

＋＋＋

貴族特区――この国の支配層である貴族の住まう地域。

しかし、その中でも家の格によって立地は異なっており、特に最上位とされる七大貴族の大邸宅は、最高権力者の棲み処である王宮を囲うように立ち並んでいる。

その一角、フェンネル卿の屋敷の一室で、少女が膝を抱えてソファに座っていた。

憂いを帯びた瞳で、散らかった部屋の中を見渡す。

荒れた気持ちを鎮めようと、クローゼットから高級服を手当たり次第引っ張りだしたが、どれも着る気にならず、そのまま放置してある。

頭の中も、胸の内も、この部屋のように散らかっていて何も手につかない。

最初はちょっとした興味だった。

新しい服を欲しがるように、一人の治癒師の赴任を父に頼んだ。

それがいつの間にか、寮に入り浸るようになり、夜の繁華街に出かけたり、食糧庫に閉じ込められたり、怪物に立ち向かったり、予想もしない出来事が次々に起こった。

そして、最後に最も予想していなかった事実が明らかになった。

「シャルロッテ」

「……っ！」

反射的に立ち上がったシャルロッテは、来訪者を見てほっと息を吐いた。

「な、なんだ、パパね」

「何に驚いたんだい？　誰かと間違えたのかね」

「べ、別に……」

シャルロッテは再びソファに腰を下ろす。

父であるフェンネル卿は怪訝な表情を浮かべて、室内に目を向けた。

「ドレスの品評会でもしていたのかい？　メイドを呼んで片付けてもらおうか」

「いいの。少しくらい散らかってるほうが落ち着くから」

「……どうしたんだい？　やっぱり先日の魔物事件が何か……」

　怪物の件は、学園側から保護者に連絡がいったようだが、魔物の類いがどこからか校内に侵入、近衛師団が無事に片付けたという説明になっているらしい。セキュリティの不備に非難が集まりビルゼン教頭が対応に追われているようだが、最終的には学園長が黙らせるだろう。

　Ｆクラスの生徒の活躍については特段触れられなかったようだが、父を余計に心配させるので話すつもりはなかった。

　シャルロッテは努めて明るい声で首を横に振った。

「ううん、大丈夫。私は見てないし」

「そうか、それはよかった」

　父は心底安堵した顔で言うと、鈴を鳴らして使用人を呼んだ。

　しばらくして紅茶ポットを持った使用人が部屋にやってくる。カップに注ぐと、得も言われぬ香りが辺りに漂った。

「東国から取り寄せた最高級の茶葉だ。一緒にお茶をしようと思ってね」

　父は紅茶を啜ると、満足げに頷き、世間話を切り出した。

「そういえば、治癒魔法学の教師はどうだい？」

「え？」

「ほら、シャルロッテがお願いしただろう。不在の担任の代わりに召集した教師だよ」

「あ、ああ、そうね」

父はどうやら彼が貧民であることは知らないらしい。勿論、知っていたらこんな穏やかな顔はしていないだろうが。

「ちゃんとためになる教育をしてくれたのかい？」

「ためになる教育……」

――お前は全てを持ってるんだろうが、豪華なものがいいとは限らないよ。

――何かを施す時は、相手がそれを喜ぶかは考えたほうがいいぞ。

――人はそれぞれができることがある。自分にできることをすればいい。

もう考えたくないのに、担任の言葉が耳の奥に蘇ってくる。

そういえば、誰かに怒られるという経験を初めてもたらしたのもあの男だ。

「どうしたんだい、シャルロッテ？　眉間に皺が寄っているが」

「い、いや、なんでもないわ」

「ほら、気分が優れない時は紅茶を飲むといい。リラックス効果もあるんだよ」

「あ、ええ」

シャルロッテはテーブルに置かれた紅茶カップを手に取り、おもむろに口に運んだ。

「美味しい……」

無駄な雑味が一切なく、優雅さを煮詰めたような味わい。

やはり高いものはいいものだ。そうに決まっている。

高級ということは、すなわち価値があるということだ。

値札は物の価値を表している。

そして、階級は人の価値を示している。

でも――

「……」

シャルロッテは水面に映る自身の姿を黙って見つめた。

カップを持ったまま固まっていると、父が心配そうに覗き込んできた。

「シャルロッテ、大丈夫かい？」

「うん、大丈夫……ねえ、パパ知ってた？」

シャルロッテはようやく顔を上げ、一度目を閉じ、そしてうっすらと微笑んで言った。

「最高級品じゃなくても、美味しい紅茶はあるのよ」

＋＋＋

終業式の日の朝。レーデルシア学園における一年の最終日。

Ｆクラスの教室には、担任ゼノスと生徒たちの姿があった。

一席だけ空になっているのは、シャルロッテの席だ。

教壇のそばに立つ学園長のアルバート・ベイクラッドが壁の時計を眺めて言った。

「さて、そろそろ始業時間になる訳だが……」

重苦しい沈黙が漂う中、教室のドアがゆっくり開いた。

立っているのは栗色の巻き毛を揺らした色白の少女。

周囲の視線をものともせず、シャルロッテはつかつかと奥の席に進んで腰を下ろした。

「おはよう、シャルロッテ。待っていたよ」

学園長は七大貴族の娘に、にこやかに笑いかける。

「それじゃあ、本来の所属先であるAクラスに戻ると宣言してくれるかな」

「……」

シャルロッテは無言のままクラス内を見渡すと、最後に担任を睨みつけた。

「そうね……私は本来Aクラスの生徒。最高権力者の一角でもある七大貴族の娘」

「そう、その通りだ」

「私がこのクラスにいるのは、上級貴族である私と同じ空気を吸い、振る舞いを見せつけることで、一流のあり方を学んでもらうためだった」

学園長は薄い笑みを浮かべて頷いている。

Fクラスの生徒と担任をもう一度眺めた後、シャルロッテは口元を少しだけ緩めた。

「でも、わかったのは、私って何もできないってこと」

「……」

学園長がわずかに目を細める。シャルロッテは肩をすくめて言った。

「治癒魔法も使えないし、剣も使えないし、火炎魔法だって使えない。ただえらそうに後ろでふんぞりかえってるだけ」

「君はそれでいいんだ。人にはそれぞれ与えられた役割というものがあるからね」

教え諭すように言う学園長に、シャルロッテは微笑みかけた。

「ええ、そう。だから、私は、私ができることをするわ」

ゆっくりと立ち上がって、高らかに宣言する。

「言ったでしょう。私はＦクラスの生徒よ。このクラスが終わるまでここにいるわ」

沈黙。緊張。戸惑い。

その直後、張り詰めた空気が弾けるように、生徒たちは喝采を上げた。

「シャルロッテ様……！」と、涙を堪えるイリア。

「よっしゃあっ、ざまあみろってんだ！」と、拳を突き上げるライアン。

「口が悪いわよ、ライアン。余計な落第点をもらう気？」と、級友を窘めながらも、笑みを隠せないエレノア。

生徒たちの声がある種の勝利の雄たけびのように教室内に轟き、レーデルシア学園の一年が終わりを告げる。

「そう、か……」

学園長は指先を自身の顎に当て、しばし動きを止めた。

こういう時にどういう表情と言葉が適切なのか、探りあぐねているようだ。

学園長といえども、七大貴族を退学させる訳にはいかない。強権でシャルロッテ以外を無理やり退学にはできるだろうが、伝統ある学園のルールを曲げすぎれば、その歪がいずれ貴族の統治者としての立場を脅かす可能性があることをベイクラッド家はよく知っている。よって、シャルロッテがFクラスに残る宣言をしたことで、クラス全員退学という状況は回避せざるを得ない。

落第点はリセットされ、そして、本日を以てFクラスも解散となる。

生徒たちが慌ただしく終業式に向かう廊下で、学園長アルバート・ベイクラッドと、シャルロッテが向かい合っていた。

「なるほど……思った通りにいかないということがあるのか……」

「私もFクラスになって思い通りならないことだらけよ。いい勉強になったんじゃないかしら」

「いい勉強、か」

親が宴席で適当に決めた許嫁という関係。

シャルロッテはそれが正式なものだとは思っていないが、ベイクラッド家の次期当主がどう考えているのか表情からは窺い知れない。幼い頃から知った相手ではあるが、彼の本心はいつも爽やかな微笑の奥に隠されている。

七大貴族はそれぞれの特徴に応じた呼称で評されることがある。

穏健派のフェンネル家。

そして、謀略のベイクラッド家。

「君は変わったね、シャルロッテ」

涼やかな表情で口を開いたアルバート・ベイクラッドに、シャルロッテは言った。

「多少は変わるわよ。教育ってそういうものでしょう」

学園長の瞳が、わずかに見開かれた。

「ふ、はは」

息を漏らす学園長の横を、シャルロッテは通り過ぎる。

互いに背を向けたまま、二人の距離が離れていく。

シャルロッテがそのままずんずんと向かった先は、廊下の端で窓からぼんやりと校庭を眺めている担任の元だった。

「お、シャル――」

担任が言い切る前に、シャルロッテは一枚の手紙を叩きつけた。

「……なんだこれ？」

返事を待つことなく、シャルロッテは踵を返し、速足で終業式に向かった。

＋＋＋

――放課後、歌劇場で待つ。

シャルロッテの手紙に書いてあったのは、短い一言だった。

「……」

終業式の後、ゼノスは手紙を手に校内の歌劇場に向かった。

今日で終わりになる貴族学園での生活を思い返しながら、敷地内を歩く。

教育のことは最後の最後で少しだけわかったような気もしたが、それも定かではない。貧民出身というのが明らかになり、すぐにでも追い出されると思ったが、Fクラスの生徒たちの態度はさほど変わらず、教頭からも不思議と音沙汰(おとさた)がない。

いずれにせよ、貧民が貴族の子弟に混ざって暮らすという、この特殊な機会はシャルロッテへの手術がきっかけで始まったことだ。

しんと静まり返った歌劇場。そのステージの上に、七大貴族の少女が仁王立ちになっていた。

腕を組み、こっちを睥睨(へいげい)する瞳には怒りの色が滲んでいる。

「こんなところに呼び出してどうしたんだ？」

「その前に、私に言うことがあるんじゃないかしら」

「そうだな。悪かった」

「今回は素直に謝るのね。前に私に説教した時は謝らなかった癖(くせ)に」

「前のは説教のつもりはなかったが……今回は本当に悪いと思ってるからな」

シャルロッテは腕を組んだまま、ふんと鼻を鳴らした。

「謝って許される問題じゃないわ」

「じゃあ、どうすればいい」

「私の言うことを何でも一つ聞いて」

「俺にできることなら」

ステージのそばまで近づくと、シャルロッテは組んでいた腕をほどいた。

「じゃあ、踊って」

「え……？」

ゼノスは思わず立ち止まる。

「踊り……俺が？」

「何でもするんでしょ。いいからこっちに上がりなさいよ」

驚きつつも、ここで拒否という選択肢はない。ゼノスはステージに上がった。

「はい、手を取って」

「お、おぅ……」

ぶっきらぼうに差し出された左手を、ゼノスは右手で掴んだ。

シャルロッテはそのままゆっくりとステップを踏み始める。何をどうしたらいいのかさっぱりわからないが、とにかく転ばないように足を動かす。

「下手くそ」

「し、仕方ないだろ。踊りなんてしたことないんだ」

そのまま静かに踊りながら、シャルロッテは口を開いた。

「私、考えたの」

「……？」

「前に私に説教したでしょ。施しをする時は相手が喜ぶのか考えたほうがいいって」

「だいぶ根に持ってる？」

「当たり前でしょ」

すぐ近距離にある深緑の瞳が、ゼノスをきっと睨んでくる。

薄い唇をわずかに尖らせた後、シャルロッテは言った。

「最初はFクラスに興味なんてなかった。でも、今は少し違う。あの娘たちを退学にする訳にはいかないって思った。だから、考えたのよ。あの娘たちが喜ぶことは何かって。それで――」

少し俯いてぽつぽつと話す少女に、ゼノスは笑いかけた。

「そうか……ありがとう」

「なんであなたがお礼を言うのよ」

「一応、今日までは担任だからな」

「……」

シャルロッテは唇を結び、下から見上げてくる。

「でも……あなたのことは幾ら考えてもわからなかった。そもそも生まれてこのかた貧民なんて見たこともないし、話したこともないし、教科書でしか聞いたことないし。あなたは一体何なの？」

「本職は治癒師だけど、色々あって貧民の子供のために学校を作りたくてな。それで教育ってやつを学びたかったんだ」

「貧民には学校がないの？」

「ないな。学校どころかまともな職も手当てもないぞ」

「そんなことがあるの？」

「ある。めちゃくちゃある。そもそも正式な国民とは認められていないしな」

「だから……外国出身って言ってたのね。嘘ではなかったのね」

シャルロッテは何かを考えるように、虚空を見つめる。

「あなたが言うことがどれくらい重要なことなのか、私にはよくわからない」

「ああ」

「ただ、一つだけはっきりわかるのは、何をどう考えても、貧民は私に相応しい相手じゃないってことよ」

「それは間違いないな」

ゼノスは苦笑し、二人の間に沈黙が下りる。

響くのは静かな息遣いだけ。

触れた手の平から、相手の体温が伝わってくる。

高窓から斜めに差し込む夕陽が、淡いスポットライトのように二人の姿を照らしあげた。

「貧民は……人間じゃないって習った。でも、手は温かいのね」

「そりゃそうだ。貧民だって生きてるからな」

「前は冷たかったわ」

「あれは食糧庫の中だったからだ」

「ただ、踊りは本当に下手くそ」

「悪かったな」

シャルロッテは、顔をおもむろに下に向けた。

視線を床に落としたまま、ぼそりと呟く。

「なんで貧民なのよ」

「悪かったな」

「あなたが、貧民じゃなかったら……」

「なかったら？」

「……馬鹿」

わずかに持ち上げられた視線。真っ白な頬に雫が光っていた。

「シャルロッテ、お前――」

「なによ、泣いてないわ。人前で弱みは見せない。涙も見せない。常に気高くあるのが一流の貴族なんだから」

両の瞳からあふれ出した雫が、とどまることなく柔らかな頬を滑り落ちる。

拭うことはしない。拭えばそれが涙と認めることになる。

シャルロッテは顔を上げ、声を詰まらせ、それでもはっきりと言った。

「泣いて、ないから」

「ああ、そうだな」

ゼノスは穏やかに頷いて、目線を少し上に向ける。

観客のいない歌劇場。

役者は七大貴族の令嬢と、廃墟街の闇ヒーラー。

この国ではおよそ交わることのない二人のステップが、舞台の上にゆっくりと刻まれていった。

エピローグ

「ええぅ、寂しいです。リリさんっ！」

「私もですっ。イリアお姉さん！」

翌日。寮の前で、イリアとリリがひしっと抱き合っていた。

年度の終了とともに、ゼノスの任期も終了となり、Ｆクラスの生徒たちが見送りに来てくれた。

リリとの長い抱擁をようやく終えたイリアが、深々と頭を下げてくる。

「先生、ありがとうございます。私、先生のおかげで……」

「こっちも勉強教えてくれて助かったよ。俺は日の当たらない場所にいるけど、もしお前が治癒師になればいつかどこかで会うかもな」

「……はいっ」

イリアは満面の笑みで首を縦に振った。

貴族にしてはやたら腰が低いのは前からだが、屈託のない笑みに以前のおどおどした雰囲気は見られない。当初の目的だった基礎教育についても、全てとはいかないが基本的な部分を学ぶことができたのはイリアの個人授業のおかげである。

次に前に来たのはライアン。少しだけ照れくさそうに頭を掻く。

「ま、あんたにゃ世話になったな」

「そうだな。正直俺は教師らしいことは何もできなかった気がするが、お前に関してだけは全面的にお世話をした自信がある」

「正直すぎるだろ⁉」

ライアンの隣に立ったのはエレノアだ。

「先生、その……本当にありがと。私、色々頑張るから」

「ああ、期待してるよ」

真(ま)っ青(さお)な空の下、大きく頷(うなず)いた彼女がまとっているのは半袖(はんそで)の夏服だった。

残りの生徒たちとも一通り言葉を交わすが、そこに一人だけメンバーが欠けている。

シャルロッテだ。

イリアが申し訳なさそうな顔をして言った。

「あの、シャルロッテ様から伝言がありまして……」

「ほう」

「ええと……日焼けするのが嫌だから私はいかないわ。そもそも上級貴族の私が、どうして下民を見送るためにわざわざ暑い思いをしていかなきゃならないの、だそうです……」

「あいつらしいな」

「その代わり、餞別(せんべつ)があるそうです」

校門の脇(わき)にやけに装飾の凝(こ)った荷車があり、そこに大きな木箱が乗っていた。

蓋を開けてみると、新しい紙の匂いがした。

何冊もの本がうず高く積まれている。

「教科書だ……」

リリが目を丸くして言った。

教科書の上には紙が一枚乗っている。シャルロッテの筆跡で、短い一文がしたためられていた。

——施しよ。ありがたく受け取るがいいわ。

ライアンがそれを見て首をひねった。

「なんだよ、ただの教科書かよ。それもこんなに大量に渡してどうすんだ？　七大貴族なんだからもっと気の利いたもん用意できるんじゃねーのか？」

ゼノスは首を横に振って、口元を緩めた。

「いや、いいんだ。シャルロッテにお礼を伝えておいてくれ、イリア。一番嬉しいものをありがとうってな」

「あ、は、はいっ」

シャルロッテは考えたのだ。

最も相手が喜ぶであろうものを。

ゼノスは生徒たちに手を振り、荷車を押しながらレーデルシア学園を後にする。

陽射しは強いが、頬を撫でる風は涼やかだ。

夏の風に吹かれながら、白亜の校舎で過ごした短くも濃い時間が瞼の裏に蘇る。

「か〜、ぺっ！」

「うわ、びっくりした」

突如、リリの持つ杖から、瀟洒な校舎とは真反対の品のない一言が響いた。

「なんで不貞腐れた中年親父みたいになってるんだ、カーミラ」

「いや、あまりにきらきらした青春っぽい流れになっておったからの。我らに相応しいやさぐれ感を演出してやったんじゃ」

「どういう発想⁉」

「貴様は本来ああいう眩しい世界の住人ではない。わらわと同じ闇に潜む者じゃろう」

「ま、そうだけど」

「カーミラさん、ゼノスが遠くに行っちゃったみたいで寂しいんだよね」

「ば、馬鹿を言うでない、リリっ」

二人のやり取りを耳にしながら、ゼノスはぽりぽりと頭を掻いた。

「どうせ最初で最後の機会だよ。もう身分もばれたしな。貴重な経験だったな」

「リリも貴族のお姉さんたちと沢山お話できて楽しかった！　王室御用達のお菓子も美味しかったぁぁ」

リリはとろけそうな顔で空を見上げる。

「ふん、わらわは不完全燃焼じゃ。七不思議を六つしかできなかったからの」

「え、まだその話題する？　というか俺は六つも知らないぞ。一体何をやった、浮遊体っ」

「まあ、よいではないか……」

杖に宿ったカーミラは考える。

廃墟街の闇ヒーラー。

たった一人の人間が長年続いた貧民街の抗争をおさめ、
近衛師団の副師団長や、王立治療院の特級治癒師と繋がりを持ち、
悪の巣窟たる地下ギルドの大幹部会に顔を出し、
七大貴族を筆頭とした貴族の子弟たちと懇意になった。

国の底部と頂部の双方にこれだけ通じた者はそうはいないだろう。

この男の存在こそが、最後であり最大の不思議と言えるかもしれない。

「くくく……七不思議よりもっと面白いイベントがまだまだ起こりそうじゃ。我らの青春はこれからじゃああ」

「結局お前が一番楽しんでるよな？」

というか、レイスの青春って何だ。

「はいっ、リリも青春したいです、先生！」

「え、誰に言ってる？」

すっかり生徒役が板についてしまっている。

やれやれと肩をすくめたゼノスは、夏の陽射しに目を細め、荷車を押す手に力を込めた。

エピローグII

遠ざかっていくゼノスたちの姿を、学園長室の窓から見送るのはアルバート・ベイクラッドだ。

澄んだ瞳。全身から漂う気品と色気。ただそこにいるだけで絵になる立ち姿。

しかし、その端正な横顔からは、どんな感情も読み取れない。

背後に立つビルセン教頭が声をかけた。

「行ってしまいましたな、あの男……」

「寂しいかい？」

「な、なにをおっしゃるのです。ま、まあ、学園の雑事が滞るのは少し残念ではありますが……なにせあの男の雑用能力は専門業者をも遥かにしのぐレベルで――」

「やっぱり寂しいんだね」

「ち、違いますっ」

広い額を真っ赤にして否定するビルセンを横目で見て、学園長は呟いた。

「不思議な男だ……」

反抗していた生徒たちにいつの間にか慕われ、七大貴族の令嬢の態度を変え、差別主義者の教頭に気に入られている。

敵対していたはずの者たちを、知らぬ間に味方に取り込んでしまう。

「学園長。結局あの男は何者なんでしょう？」

「……わからないな」

教頭の質問に、学園長は目を窓に向けたまま答えた。

あの男の身元調査は学園とは別ルートを使ったので、教頭は彼の身分を知らない。調査においてもゴルドラン邸で貧民の救命要請に応じたという証言が取れただけで、彼が貧民であると直接示している訳ではない。

アルバート・ベイクラッドは、今のところあの男の身分を公にするつもりはなかった。

元所属先の王立治療院に告げるつもりはないし、紹介者であるフェンネル卿（きょう）もおそらく知らないだろう。彼を慕うＦクラスの生徒は他言しないだろうから、自分が黙っていればそう漏（も）れることはないはずだ。

あの男の身分を隠しておくことに、それほど深い理由はない。

ただ、今はあの不思議な男のことを自分が周りより少し知っているという状況を楽しんでいたいのだ。

「僕が思い通りにできない人間がいるとはね……とても興味深い」

うっすらと微笑（ほほえ）む口元に、初めて感情と呼べる何かが浮かんでいた。

一瞬で治療していたのに役立たずと追放された天才治癒師、
闇ヒーラーとして楽しく生きる

あとがき

どうも、菱川さかくです。

このたびは『一瞬で治療していたのに役立たずと追放された天才治癒師、闇ヒーラーとして楽しく生きる』の5巻をお手に取ってくださり、ありがとうございました。


突然ですが、皆さん運動してますか?

私はしていませんでした。

作家という生き物はインドア派の面倒くさがりが多いので（偏見）、それもむべなるかなというところだったんですが、デビューから7年近くが経つ中、日々感じているのは作家は体力だということ。

特に兼業などの場合は、仕事でへとへとに疲れ切って家に帰り、すぐにでも寝床にヘッドダイビングしたい思いをぐっと堪え、そこから更にもうひと踏ん張りして原稿に向かい合う必要があり、気力はあっても体がついてこないという事態が往々にして起こり得る訳です。

そこで一念発起して、最近はエレベーターを使うのをやめてみました。

ただ、職場的なところがビルのかなり上のほうにありまして、階段を毎回二百段以上昇らないといけないんですよね。

しかも、下のほうの階にも拠点があるので、そこを一日に何度も往復するというハードプレイになっており、目的地についた頃には激しい息切れでまともな会話もできず、でも愛想だけはよくしようと考え、結果「はあはあ……ふへへ……はあはあ」とにやつきながら鼻息を荒くしている不審者になりさがっています。

しかし、タフネス作家を目指して、もう少し続けてみたいと思います。


謝辞に移ります。

今回も担当編集様を始め、ＧＡノベル編集部に関わる皆様、本作の出版にご尽力いただきましてありがとうございました。

イラスト担当のだぶ竜先生、闇ヒーラーも巻数を重ねてきて、最近は段々と「お任せで！」みたいな雰囲気になってきてますが、相変わらず素敵なキャラデザありがとうございます！

コミカライズ担当の十乃壱天先生、原稿を見るたびに絵の力の偉大さをひしひしと感じております。闇ヒーラーの世界をより一層楽しめますので、コミカライズ版を是非！

また、ウェブ版を見て頂けている方もありがとうございます。感想など大変励みになっております。そして、いつものごとく、本作を購読くださった読者様に最大限の感謝をお伝えしたく！

おかげさまで本シリーズもめでたく十万部突破しました！

それではまた、お会いできることを願いまして。

一瞬で治療していたのに役立たずと追放された天才治癒師、闇ヒーラーとして楽しく生きる 5

2023年7月31日　初版第一刷発行

著者　菱川さかく
発行人　小川 淳
発行所　SBクリエイティブ株式会社
〒106-0032　東京都港区六本木2-4-5
03-5549-1201　03-5549-1167（編集）

装丁　AFTERGLOW
印刷・製本　中央精版印刷株式会社

ISBN978-4-8156-2257-2
Printed in Japan

ファンレター、作品のご感想をお待ちしております。
〒106-0032　東京都港区六本木 2-4-5
SBクリエイティブ株式会社
GA文庫編集部 気付

「菱川さかく先生」係
「だぶ竜先生」係

本書に関するご意見・ご感想は
下のQRコードよりお寄せください。
※アクセスの際に発生する通信費等はご負担ください。